Elf tote Freunde müsst ihr sein

1.

Die im Jahr 1907 gebaute und
geweihte Nikolauskirche in Essen-
Stoppenberg war bis auf den letzten
Platz in den Bänken besetzt. Die, die
keinen Sitzplatz bekommen hatten,
standen im Kirchenschiff dicht
gedrängt mit gesenktem Kopf und
Tränen in den Augen. Auch draußen
vor dem Schwanhildenbrunnen und
dem Kirchenvorplatz war alles voller
Menschen. Die Menge zog sich den
Kapitelberg hoch und die
Gelsenkirchener Straße runter bis zur
Grabenstraße. Man sah auffallend
viele Kinder in der Menschenmenge.
Einige Kinder waren mit ihren

Trikots in den Farben Grün-Weiß bekleidet. Grün-Weiß ist die Farbe vom SC Stoppenberg 05. Trotz der drückenden Schwüle hatten auch einige Mütter und Väter einen Vereinsschal umgehängt. Drinnen im angenehm kühlen Kirchenschiff sprach Pfarrer Hilgert mit leiser, angenehmer, fester Stimme: „Wir stehen hier, fassungslos, geschockt und ungläubig – ja, ich sage es ganz bewusst – ungläubig; denn was kann ich Ihnen, liebe Eltern, liebe Großeltern, Schulkameraden, Freunde, Nachbarn und allen anderen, die heute hier sind, um Patrik Gehrke zu verabschieden, vom Glauben erzählen? Wie könnte ich Ihnen Trost im Glauben vermitteln, wenn ich selber mit unserem Gott hadere. Wer war das? Warum hat jemand das getan? Ja, da muss der Glaube ziemlich stark sein, um nicht laut aufzuschreien: Bleib mir gestohlen Gott. Wenn du nichts Anderes kannst, als 11-jährige Kinder zu verstümmeln und sie dann umbringen lässt. Bleib mir gestohlen! Aber, liebe Angehörige und Freunde, dann wäre ich ein schlechter Seelsorger. Wir alle müssen mit aller uns zur Verfügung stehender Kraft daran glauben, dass Gott diesen feigen Mord an Patrik nicht gewollt hat. Gott ist kein Maschinist, der vor einem Mischpult steht und einen Knopf drückt, der bewirkt: ,Du bist jetzt ein Mörder. Gehe hin und bringe das

Kind um. Nein, nicht das Kind. Links daneben das Kind.'

Wer so eine Tat begeht ist krank und auch der Täter – und jetzt müssen Sie, liebe Gemeinde, ganz stark sein – bedarf unser Mitleid." In der rechten mittleren Reihe stand ein jüngerer Mann abrupt auf. „Das Gesülze höre ich mir nicht mehr an. Der Pfaffe tickt doch nicht mehr frisch. Dem sollte man auch die Finger abhacken. Genauso wie der Fuckkiller es mit Patrik gemacht hat." Er trat wütend vor eine Schale, die im Weg stand, und drängte sich brutal durch die Menschenmenge nach draußen. Sofort war ein Aasgeier vom Essener Tageblatt bei ihm: „Entschuldigen Sie, kannten Sie Patrik?" Der junge Mann rammte dem Reporter seine rechte Faust vor den Kopf und rannte weg.

In der Kirche ging die Trauerfeier inzwischen ohne weiteren Zwischenfall zu Ende und der Küster öffnete die Nebentüren der Kirche. Die anwesenden zwei Motorradpolizisten bockten ihr Krad auf, zogen sich den Helm vom Kopf und streiften sich ihre Handschuhe ab. Dies sah trotz der düsteren Stimmung lustig aus, denn die beiden machten alles synchron, es sah aus, als ob sie Vortänzer im Bullenballett wären.

Der Verkehr auf der Gelsenkirchener Straße wurde angehalten und der Trauerzug setzte sich über die Hallostraße in Richtung Hallofriedhof in Bewegung. Auf dem

Barbarossaplatz stand ein Videobeobachtungswagen der Bereitschaftspolizei Essen-Bredeney, der sonst bei Fußballspielen oder Demos zum Einsatz kam. Der fast 50 m hoch ausfahrbare Teleskopstab auf dem Dach des Busses konnte mit seiner Hochleistungskamera im Umkreis von 200 m gestochen scharfe Filme oder Bilder aufnehmen. Im Wagen bediente Jürgen Filz, Kommissar beim Verkehrsdienst Essen, die Kamera und achtete darauf möglichst alle Trauergäste frontal zu filmen. Er tat dies mit seiner Routine aus 25 Dienstjahren und war der Meinung, dass man alles und jedes per Video überwachen sollte. Wer nichts zu verbergen hat, kann da auch nichts gegen haben. Punkt.

Auf dem Hallofriedhof warteten schon Hauptkommissar Rolf Fänger, Leiter der Mord II, sowie die Kommissare Udo Burgs, Elke Müller und der junge Kriminalhauptmeister Florian Drause. Sie hatten sich etwas abseits vom Hauptweg auf zwei Seiten postiert und beobachteten die Trauernden. Drause fotografierte unauffällig den einen oder anderen, Burgs machte sich Notizen. KHK Fänger hatte einen eher gelangweilten Gesichtsausdruck, aber wer ihn kannte wusste, dass man ihn jetzt besser nicht störte. Selbst sein Handy hatte er ausgeschaltet. Jetzt keine Störung! Er sog die Luft scharf ein und schloss die Augen. Wer, was, wie, warum passte hier nicht hin? Da vorne, der Fettsack, alleine und ziemlich nah hinter dem Sarg. Er hatte den Mann bisher noch nicht kennengelernt. Die Familie Gehrke hatte in den bisherigen Befragungen nichts von ihm erwähnt. Scheinbar ohne Frau, ohne Begleitung. „Florian". Ein kurzes Kopfnicken und Drause wusste Bescheid. Fokussieren. 10 Bilder in Serie. Der Dicke war im Kasten. Fänger schlenderte zum Ende des Trauerzuges. Er ist dabei. Ich wette er ist dabei. Fänger hatte noch keinen Ansatz, aber er wusste, dass er ein „Er" war. Er musste niesen. Scheiß Allergie. Er hatte gestern Abend wiedermal vergessen seine

Kapsel gegen den Heuschnupfen zu nehmen. Nachdem der letzte Trauernde die Erde ins Grab geschaufelt hatte, löste sich die Gruppe auf und ungefähr 50 nahe Angehörige und Freunde fuhren mit dem bereitgestellten Bus der Firma Köppen zur Gaststätte „Am Kreuz" am Helfenbergweg. Fänger schickte Udo, Elke und Florian zum Präsidium zurück und fuhr alleine mit dem grauen Touran, einem Zivilwagen der Essener Kripo, dem Bus hinterher. Er wollte den Eltern Patriks noch das ein oder andere fragen.

„Setzen Sie sich Herr Fänger." Herr Gehrke zeigte auf den freien Platz links neben sich. Die Trauergesellschaft hatte im großen

Biergarten des Restaurants Platz genommen. Rechts von ihm saß der Pastor und rechts vom Pastor saß Patriks Mutter, Frau Gehrke. „Danke. Ich bitte Sie noch einmal um Vergebung, dass ich Sie heute, äh jetzt und hier in Ihrer Trauer störe. Aber die ersten Stunden und Tage sind …". „Ist schon gut", antwortete Gehrke mit fester Stimme. „Wir können es uns denken. Fragen Sie, fragen, fragen, fragen Sie." „Ja, danke. Warum hatte Ihr Sohn kein Handy bei sich, das ist doch in dem Alter heutzutage recht ungewöhnlich?" „Ach Herr Fänger, wir wollten ihm doch auch so gerne eins kaufen, aber er wollte nicht. Er hatte in seinem Zimmer einen Computer, der ihm ausreichte. Oh Gott, hätte ihm das das Leben gerettet?" Gehrke sackte in sich zusammen. „Nein. Das halten wir für völlig ausgeschlossen. Herr Gehrke, mir fiel am Grab, drei oder vier Reihen hinter Ihnen ein, nun sagen wir mal, korpulenter Mann auf …".

„Kuhlmann, Ralf Kuhlmann. Ich war immer dagegen", rief Frau Gehrke. „Wohnt auf 123, wir auf 129 von-Bergmann-Straße. Aber das wissen Sie ja." Sie kramte nach ihren Taschentüchern. „Ja, ich fand es auch nicht so toll. Sie haben es doch dann heute selbst gesehen Herr Fänger. Der drängte sich immer auf. Er fuhr Patrik zum Training, holte ihn in seinen Keller, wo er eine Eisenbahn hat und anderes Bastelzeug. Er hatte aber auch nichts dagegen, wenn ich einfach mal zu ihm rüberging. Unangemeldet. Patrik abholen oder so. Er wohnt schon lange da. War früher verheiratet und hatte wohl auch einen Sohn. War aber vor unserer Zeit. Seine geschiedene Frau und sein Sohn sollen irgendwo in Sachsen-Anhalt wohnen. Ich habe von anderen Nachbarn gehört in Halle an der Saale. Aber ich glaube nicht ...". „Fürs Glauben wird der Herr Pastor bezahlt", dachte Fänger und nickte dem Pastor freundlich zu. „Herr Gehrke, denken Sie nach. Ist Herr Kuhlmann auch hier?" „Ich habe ihn mit in den Bus einsteigen sehen ... ach, da hinten kommt er gerade." Gehrke wurde aufgeregt. Fänger schritt gemächlich auf Kuhlmann zu. „Tag Herr Kuhlmann. Fänger, Kripo Essen. Kommen Sie, wir setzen uns." Er dirigierte Kuhlmann an einen abseitsstehenden Tisch, auf dem schon einige benutzte Teller, Besteck und Gläser standen. „Herr Kuhlmann", er sah Kuhlmann gelangweilt an, um ihn zu irritieren, „wo waren Sie letzten Dienstag, also heute vor einer Woche, zwischen 18:00 und 21:00 Uhr?" „Darf ich fragen, warum Sie das wissen wollen?" „Natürlich dürfen Sie das fragen. Das ist die Todeszeit von Patrik." Kuhlmann wurde blass. „Ja, ja und?" „Herr Kuhlmann. Das Spiel heißt: Ich frage, Sie antworten. Hier gibt's keine Gegenfrage und keinen Joker. Auch nichts zu gewinnen. Also, wo waren Sie?" „Nun, ich war spazieren. Seumannstraße, Tennisanlage, Hundebrinkstraße." „Lassen Sie mich raten." Fänger drückte seinen rechten Zeigefinger gegen seine Nasenspitze ... „Alleine." „Ja, alleine. Wer soll mich begleiten? Ich habe keine Frau und keinen Hund, mein Bruder wohnt in Haltern am See. Ich laufe gerne über die alte Kohlenhalde der Zeche Helene. Dort war auch die Hohlmannstraße. Die alten schiefen Zechenhäuser, die hinten raus alle einen Schweinestall hatten. Wurde in den 70er Jahren alles plattgemacht. Jetzt ist dort alles grün. Die Natur hat sich alles zurückerobert. Sie können dort auch noch Schienenreste von der Strecke Essen Hauptbahnhof nach Gelsenkirchen-Zoo, quer durch die alte Zeche sehen." „Ist für Sie bestimmt anstrengend dort rumzukraxeln, Herr Kuhlmann?" Er hielt kurz inne. „Waren Sie auch schon einmal auf der Zeche Zollverein? Schacht 12?" „Herr Kommissar. Bitte. Ich weiß, wo Patrik gefunden wurde." Er fing an zu weinen. „Kommen Sie morgen gegen 11 ins Präsidium Zimmer 221, damit wir ein Protokoll aufnehmen können." Fänger stand auf und ging wieder zu Gehrke an den Tisch zurück. Nach einer Stunde verabschiedete sich Fänger von den Gehrkes und fuhr zum Präsidium. Unterwegs hielt er kurz an der Robert-Koch-Apotheke an und kaufte sich seine Kapseln gegen die Allergie. Im Präsidium holte er sich aus der Kantine im Keller eine Flasche Mineralwasser. „Wie immer, mit viel Kohlensäure?", fragte Claudia, die schon zum Inventar gehörte und alle Vorlieben ihrer Kunden kannte. „Klar, damit ich so richtig, du weißt schon, kann." Er sprang trotz der Hitze die Stufen zu seinem Büro hoch und schaltete den Tischventilator an. Zwar waren die Mauern vom Präsidium sehr dick, aber er brauchte jetzt einen kühlen Kopf. Fänger nahm den Hörer von seinem Telefon, zog den Scharnierarm, an dem es hing, ganz aus und setzte sich auf seinen Stuhl. Am anderen Ende der Leitung meldete sich Dr. Adebar, einer der Rechtsmediziner der Gerichtsmedizin in der Virchowstraße, die dem Universitätsklinikum angeschlossen ist. „Hallo Doc, Fänger. Sie hatten doch letzten Dienstag den kleinen Patrik Gehrke unterm Messer. Ich konnte ja nicht kommen, weshalb ich Ihnen meinen jungen Kollegen Florian geschickt habe. Ja, Sie können sich gut erinnern?" Er lauschte kurz und musste lachen. „Hat er es auch selber wegwischen dürfen? Weshalb ich anrufe, ich habe hier Ihren Obduktionsbericht, aber na ja, ich würde gerne mit Ihnen persönlich über die Sektion sprechen. Geht es heute noch? Gut ich komme rüber. Bis gleich". Die Rechtsmedizin liegt fünf Gehminuten vom Präsidium entfernt und Parkplätze bekommt man dort sowieso nicht, weshalb Fänger sich zu Fuß auf den Weg machte. Die Virchowstraße und die ganzen Straßen rund ums Klinikgelände waren eine Goldgrube für die Stadt Essen. Die Leute vom Ordnungsamt lauerten hinter Büschen und Mülltonnen auf Falschparker und der Abschleppwagen hatte 24 Stunden am Tag Einsatz. Manche Fahrer saßen noch am Steuer als sie schon am Haken baumelten. Die Zusammenarbeit der Abschleppunternehmer mit der Stadt Essen klappte wie geschmiert. Bevor er am Institut klingelte, schob er sich noch einen Glimmstängel rein und füllte seine Lungen mit Rauch. Das machte er immer, wenn er hier rein musste. Er drückte auf den kleinen Knopf neben dem Schild „Institut für Rechtsmedizin". Ein Sektionsgehilfe öffnete und führte Fänger in Dr. Adebars Büro. Die beiden begrüßten sich noch einmal und Fänger setzte sich unaufgefordert hin. Die zwei kannten sich schon über Jahre und gingen locker miteinander um. Fänger kramte den Obduktionsbericht hervor und las laut: „Atlantookzipitale Dislokation, mechanische Reizung des zentralen Nervensystems, also des Hirnstammes, bzw. der absteigenden Gehirnbereiche, Medulla oblongata, durch komplexe paradoxe Bewegungen von Schädelbasis, Atlas und Axis, mit mechanischer Kraft oder auch diffus-hypoxische, vaskuläre Störungen durch rotatorische oder translative atlantoaxiale Subluxation oder kombinierte Verkippung. Das Opfer hat also einen Genickbruch, sprich, einen Bruch der Halswirbelsäule zwischen dem ersten und zweiten Halswirbel. Die Halswirbelsäule besteht aus sieben Wirbelkörpern zwischen denen knorpelige Bandscheiben, Bänder, Muskeln und Nervenstrukturen liegen. Durch das Gelenk zwischen dem ersten Halswirbel, Atlas, und dem zweiten Halswirbel, Axis, sind wir in der Lage den Kopf zu drehen. Durch einen gegenläufigen schnellen Griff von Hals und Kopf war das Opfer sofort tot. Todeszeit ziemlich genau 19:00 Uhr."

„Können Sie diesen Griff bei mir einmal demonstrieren, Doc?"

„Natürlich Herr Fänger. Einmal. Möchte ich aber nicht so gerne. Hier ...", er zeigte auf ein Demonstrationsgebilde aus Schädel und Halswirbelsäule, „hier kann ich Ihnen den Griff viel besser demonstrieren. Auch was Ihre Gesundheit betrifft." Er führte den Griff blitzschnell aus und Fänger schluckte. „Wer kann das? Wer macht so etwas? Wofür braucht man so etwas? Jäger? Metzger?"

„Verabschieden Sie sich vom

Tierreich", antwortete Dr. Adebar leise. „Hier war jemand am Werk, der entweder medizinisch vorgebildet ist oder das leise Töten beruflich braucht." „Beruflich braucht? Ich glaube ich stehe auf der Leitung." Fänger war sichtlich irritiert. „Ja, beruflich. Zum Beispiel Kampfschwimmer, Einzelkämpfer oder Fallschirmjäger." Kampfschwimmer! Fänger stellte sich Kuhlmann als Kampfschwimmer vor und grinste. Den konnte man höchstens als Seezeichen, als Tonne in der Deutschen Bucht, gebrauchen. „Des Weiteren führen Sie in Ihrem Bericht ‚digiti sectis' an und ‚relinquere thumb'. Was hat es mit dem Abtrennen von vier Fingern an jeder Hand auf sich? Nur die beiden Daumen wurden dem Opfer gelassen."

„Nun, wie ich schon Ihrem jungen Kollegen bei der Sektion gezeigt und unter Punkt 14 im Bericht festgehalten habe, wurden an beiden Händen Zeigefinger, Mittelfinger, Ringfinger und kleiner Finger sauber abgetrennt. Hierzu hat der Täter ein äußerst scharfes Messer mit glatter Schneide benutzt, wobei jetzt der Gedanke an einen Metzger oder Jäger aufkommen könnte. Es könnte eine Bestrafung post mortem sein, das Opfer hat im Geist des Täters mit den Fingern ‚verbotene Sachen' gemacht."

„Sie schrieben Fundort ist definitiv nicht Tatort." „Richtig. Dazu passen auch die Reifenspuren, die die

Spurensicherung gesichert hat. Der Junge wurde aus einem Auto herausgehoben und direkt abgelegt. Dass er an dieser Stelle, ganz hinten am Gebüsch des Ausweichparkplatzes gefunden wurde, zudem noch so schnell, verdanken wir dem Liebespaar, das den Einbruch der Dunkelheit nicht abwarten konnte."

Dr. Adebar und Rolf Fänger unterhielten sich noch eine Weile und Fänger verabschiedete sich. „So, jetzt muss ich aber, wir haben gleich noch eine Besprechung. Jeden Tag bei Dienstbeginn und Dienstschluss. So long Doc."

Fänger schlenderte zum Präsidium zurück und ging ins Besprechungszimmer der Mord II, deren Dienstgruppenleiter er seit über fünf Jahren war. Udo Burg, Elke Müller, Florian Drause und Tante Martha waren schon da. Tante Martha hieß eigentlich Emma Martens, doch irgendjemand hatte sie wegen ihres grauenvollen Vornamens in Tante Martha umgetauft. Sie war Verbindungsbeamtin bei der Mord II und hielt den Kontakt mit anderen Dezernaten bei Deliktüberschneidungen und organisierte auch Termine. Frank, Simon, Sebastian und Kerstin waren auch schon im Zimmer, die Fänger aus anderen Kommissariaten angefordert hatte. „Tach zusammen. Was gibt es Neues?" Er schaute Udo an, der mit Elke heute noch einmal bei

Uli Hensel und Renate Tzscheuschner in Freisenbruch war, die das Opfer in einem Gebüsch auf der Zeche Zollverein gefunden hatten. Die Zeche Zollverein war ein von 1851 bis 1986 aktives Steinkohlebergwerk in Essen-Katernberg. Sie ist heute ein Architektur- und Industriedenkmal. Gemeinsam mit der unmittelbar benachbarten Kokerei Zollverein gehören die Schachtanlagen 12 und 1/2/8 der Zeche seit 2001 zum Weltkulturerbe der UNESCO. Kunstausstellungen, Museen, Kleinkunst, Workshops und Restaurants machen das Gelände weit über die Grenzen Europas bekannt. Alte Kellerschächte, überwucherte Grünflächen, Gebäude und

Gleisanlagen sorgen dafür, dass es auch am Tage Ecken gibt, die nicht so einsehbar und auch mit dem Auto erreichbar sind. An der Leichenfundstelle ist es möglich, mit dem Auto rückwärts halb in ein Gebüsch zu fahren. „Also, Hensel und Tzscheuschner sind sich einig, da war keiner, als sie ankamen. Sie machen das öfter, achten schon bei der Anfahrt auf die Umgebung. Eigentlich warteten die beiden laut ihrer Aussage manchmal darauf gesehen oder erwischt zu werden. Ab und zu wäre da auch ein Mann. Dick, wenig Haare, unsympathisch. Aber der ist wohl harmlos und würde auch immer Abstand halten." Kuhlmann. Fänger sah Kuhlmann vor seinem geistigen

Auge durchs Gelände der Zeche Zollverein schleichen. Dann wieder schaukelte er in der Deutschen Bucht auf den Wellen. Fänger wusste nicht, was ihn mehr vergnügte. „Elke, du hast ja auf der Flipchart alle Punkte notiert, die die KT am Fundort sichergestellt hat und die wahrscheinlich dem Täter zuzuordnen sind. Lasst uns noch einmal die Positionen durchgehen." „Erstens", begann Elke, „die Reifenspur, die laut KTU nur von der Spur des Ford Focus von Hensel überlagert war, stammt von einem Kyto in der Größe 195/60-15 mit Sommerprofil, das bis Juni 2014 in Deutschland angeboten wurde. Kein Erstausrüstervertrieb, nur in Baumärkten und der Metro erhältlich. Profil noch 4 mm, ansonsten keine Auffälligkeiten. Zweitens, drei vertrocknete Tannennadeln. Nordmanntanne. Laut KTU 2015 geschlagen. Stand wahrscheinlich als Weihnachtsbaum beim Täter und müssen beim Entladen der Leiche aus dem Fahrzeug stammen. Da in der Umgebung keine anderen Nadeln oder gar ein kompletter Tannenbaum gefunden wurde, sehr wahrscheinlich. Drittens, nur von Hensel und Tzscheuschner überlagerte Schuhabdrücke. Größe 44. Marke ‚Sprint' von Salamander. Im Sohlenprofil Ablagerungen von Sand und Fliesenkleber. Dazu ein winziges Stück Tesakrepp. Viertens, an einem stärkeren Ast im Busch Abrieb von einer Farbe RAL 1015, Hellelfenbein. Hier ist die genaue Zuordnung aber nur möglich, wenn das spurenverursachende Fahrzeug zur Verfügung steht. Fünftens, an der Kleidung von Patrik Flusen von einer grünen Baumwolldecke. Das Modell wird im Ottoversand und über den Onlinehändler Witt in Weiden/Oberfranken vertrieben. Dazu noch auf Floh- und Wochenmärkten. Sechstens, an der Wange von Patrik DNA-Spuren von Hensel. Die sind entstanden, als Hensel das Kind so liegen sah und seinen Kopf bewegt hat. Siebtens, Abrieb von Latexhandschuhen an Patriks Armen." „Gut, diese Spur ist wohl erst einmal zu vernachlässigen. Der Kollege Lepper hat das Bewegungsprofil von Hensel und Tzscheuschner abgecheckt. Beide waren bis kurz vor der Auffindung von Patrik noch in Steele bei Mac Doof. Florian, wie lief die zweite Befragung auf Zollverein? Letzten Mittwoch war ja nichts Brauchbares aus den Leuten herauszubekommen. Hat die Plakataktion etwas gebracht?" „Wie lange – könnte er nicht sagen. Es wäre ihm nur aufgefallen, weil doch der Taxistand fast 300 Meter weiter vor dem Casino ist. Nähere Angaben konnte er nicht machen. Ich habe dann noch ganz gezielt Hundebesitzer angesprochen und bin dann den Verbindungsweg an der Bahn entlang bis zum Großwesterkamp gegangen. Ich will morgen noch einmal mit drei Kollegen von der Bereitschaftspolizei zu der Siedlung ‚An der Blumenwiese' gehen, da von dort viele mit ihren Hunden das Zollverein-Gelände nutzen."

„Mach das so, Florian. Jetzt zu den Reifen. Frank, du wühlst dich doch gerne durch Listen und Tabellen. Wie ich mich von unserem letzten Fall erinnere – Weißt du noch, Elke, Udo und Tante Martha, ihr wart doch auch dabei, der Tote aus der Regionalbahn in ... in Dorsten. Damals hast du doch mit dem Kollegen von der Bundespolizei die ganzen Fahrpläne im halben Ruhrgebiet verglichen. Du machst eine Liste von allen Baumärkten im Ruhrgebiet nachfolgender Aufstellung: Wurden die Reifen geführt, von wann bis wann, lässt sich feststellen an wen, zum Beispiel über Kreditkartenabrechnung oder Payback-Karten. Das gleiche bei der Metro Essen, Mühlheim, na ja, du weißt schon." „Jaja, ich weiß schon." Frank tat eingeschnappt, war jedoch heilfroh bei dem Wetter nicht durch die Gegend laufen zu müssen. „Die Tannennadeln", fuhr Fänger fort, „werden erst wichtig, wenn wir das Fahrzeug, mit dem Patrik transportiert worden ist, haben. Ebenso der Farbabrieb am Ast. Kommen wir zu den Schuhabdrücken, Frank." Er schaute Frank an,

„könntest du doch mit erledigen, oder? Lieferadressen des Modells im Ruhrgebiet, Kreditkartenkäufe, ich möchte alles über diesen Schuh wissen. Sebastian, du kümmerst dich um die Wolldecke, die ja leider absolute Massenware ist. Ich glaube nur in Apotheken wird sie nicht verkauft. Da fällt mir ein, geh doch morgen früh mal zum Wochenmarkt in Frohnhausen. Einer der Markthändler mit so einem Schund ist mein Cousin Rolf Brinkmann. Der kauft direkt in China ein und kann dir sicher mehr über die Vertriebswege erzählen." „Kollegen, ich glaube die Spur mit dem Farbabrieb am Ast können wir abhaken. Rolf, ich habe dir zwar zugehört, war aber die ganze

Zeit am Überlegen, woher ich Hellelfenbein kenne. Wenn wir ein Taxi sehen, denken wir immer die Farbe ist Beige. Tatsächlich ist die offizielle Bezeichnung aber Hellelfenbein, RAL 1015. Mein Freund ist in der Studienzeit Taxi gefahren. Da habe ich das wohl mal aufgeschnappt." Tante Martha hatte schnell und hastig gesprochen und war über das jetzt einsetzende Lob sichtlich erfreut. „Dann werden wir uns mal nach dem Taxi, das der Künstler am Tattag am Tatort gesehen hat, auf die Suche machen. Das übernehme ich selber. Kommen wir zu den Gummihandschuhen. Auch hier gilt, noch mehr als bei der Wolldecke, absolute Massenware.

Finden wir beim Täter Gummihandschuhe, können wir die Gummimischung mit der gefundenen Spur vergleichen. Ansonsten hilft sie uns somit nicht viel weiter. Bei der Pressekonferenz morgen absolutes Stillschweigen über unser Wissen und unser weiteres Vorgehen. Die Sau soll sich sicher fühlen. Auch bei den weiteren Ermittlungen, alle Berichte über mich. Das ist auch mit Sattler von der Staatsanwaltschaft so abgesprochen. Hat noch jemand eine Frage? Dann würde ich sagen, wir machen für heute Schluss." Die Kollegen verabschiedeten sich. Burgs und Müller fuhren wie immer zusammen nach Hause in Kupferdreh, wo beide zusammen mit ihren

Familien in einer Neubausiedlung wohnten, die man auf einem alten Kasernengelände gebaut hatte. Fänger lud Florian auf ein Bier ein. Sie gingen zusammen zur RÜ, wie die Essener die durch Rüttenscheid führende Gastronomie- und Einkaufsstraße nannten. Sicherlich nicht mit der KÖ oder dem Kudamm zu vergleichen, aber gerade im Frühjahr zur Baumblüte oder im Sommer ganz nett. Rolf und Florian suchten sich ein schattiges Plätzchen in der „Bierakademie", wo an die 100 verschiedene Biersorten im Angebot waren. „Ja Florian, wie lange bist du denn jetzt schon bei uns? Ein Jahr?" „Elf Monate, Rolf, und ich glaube dies ist der erste richtige Fall, bei dem ich dabei bin." „Gibt es auch falsche Fälle?" „Nein, natürlich nicht. Aber bisher ... ich weiß auch nicht ..., meistens fahren wir zu einem Suizid raus. Schreibarbeit, kurze Ermittlungen, das Grübeln über das Schicksal der Menschen, die so verzweifelt sind, dass sie keinen anderen Ausweg als die Selbsttötung sehen. Das Leid, das sie anderen zufügen. Letztes Jahr, als ich zu euch kam: Der Brückenspringer in Kray auf die A 40, direkt vor den LKW. Ich habe vorigen Monat eine Anfrage der Berufsgenossenschaft zu diesem Fall beantwortet. Der Fahrer von dem LKW ist immer noch in psychiatrischer Behandlung. Stell dir das mal vor. Fast ein Jahr." „Meinst

du, dass du bei uns richtig bist?",
Fänger fragte ganz ruhig und fast
väterlich. „Du darfst die Schicksale
nicht mit nach Hause nehmen. Aber
das ist normal, wenn man zu uns
kommt. Mir ging es damals nicht
anders. Damals. Wie sich das anhört.
35 Jahre bin ich jetzt schon bei dem
Verein, da werden wir den Rest auch
noch schaffen, was Florian?" Er
klopfte Florian freundschaftlich auf
den Oberschenkel. „Da drüben zum
Beispiel", er zeigte auf ein Café
gegenüber, „heute Café Kötter,
damals Café Litt. Dreifacher
Raubmord, der bis heute nicht
aufgeklärt ist. Kollege Binsing, den
kennst du noch nicht, war damals als
junger Kriminalobermeister als

Assistent von Polizeirat Bamler von Anfang an dabei. Binsing schlägt immer mal wieder die Akte auf, er will immer noch den Fall lösen, weil er Ende des Jahres in Pension geht. Aber ... nun, Mord verjährt nicht." „Jetzt erzähl auch alles Rolf!" „Na gut. Im Mai 1968, es ist stockdunkel und mitten in der Nacht, als sich die Gestalten im fahlen Schein der Gaslaternen dem Café Litt nähern, aus dem kein Laut dringt. Über ein Garagendach gelangen sie von der Annastraße aus in einen Innenhof, drücken mit einem Scherenwagenheber unbemerkt die Gitter eines Toilettenfensters auseinander, zwängen sich hindurch und gelangen ins Café. In der Kasse, die sie aufbrechen, findet sich aber nur Kleingeld. Nicht die 50.000 Mark, die als Gerücht in der Unterwelt kursieren.

Deshalb wohl schleichen sie weiter nach oben. Die Türen zur ersten Etage sind verschlossen, die zur zweiten nicht. Dort werden Richard Litt und sein Sohn plötzlich wach, womöglich haben sie Geräusche gehört. Sie schlagen die Bettdecke zurück, stehen auf und sehen sich den Einbrechern gegenüber.

Schüsse fallen. Von einer Kugel in den Hals getroffen, sackt der Vater zusammen. Sein Sohn wird am Bauch getroffen. Sie liegen am Boden, doch sie leben noch, bis der Mörder sie mit aufgesetzten Schüssen aus seiner

Beretta tötet. Von dem Krach wird Großvater Johannes nebenan im Zimmer wach, und auch er wird kaltblütig erschossen. Die Verbrecher durchwühlen noch schnell die Schubladen, finden 500 Mark Tageseinnahmen aus dem Café und verschwinden mit der Beute ins Dunkel der Nacht.

Die Leichen werden am Morgen von Angestellten entdeckt und eine Mordkommission beginnt mit ihrer Arbeit, versucht die Tat zu rekonstruieren und den Tätern auf die Spur zu kommen. Doch nach 800 Hinweisen, mehrfachen Festnahmen und Verhören im Milieu, zwei

Sendungen Aktenzeichen XY ... ungelöst im März und April 1969 sowie einer ausgesetzten Belohnung in Höhe von 10.000 Mark, die nie auszuzahlen war, wird die Akte Litt im November 1971 geschlossen. Womöglich vorschnell, doch als ein bekannter Kaufmann aus Essen-Bredeney entführt wird, muss die Kripo Prioritäten setzen. Mit der Folge, dass ein viel versprechender Hinweis aus Verbrecherkreisen – zwei milieubekannte Männer hätten sich in einer Holsterhauser Kneipe über den Dreifach-Mord an der Familie Litt unterhalten – nicht bis zum Ende verfolgt wird. Und ein dritter zunächst Verdächtiger wird im November 1970 von der

Staatsanwaltschaft außer Verfolgung gesetzt. Der damals 20-Jährige hatte nach einem Diebstahl in Frankfurt den Essener Dreifachmord zunächst gestanden, selbst eine Begehung der Wohnung an der Rüttenscheider Straße fand gemeinsam mit ihm statt, doch er widerruft und gesteht gleich dutzendweise und schließlich bescheinigt ihm ein Gutachten, dass er der Täter nicht sein könne und er sich alles zusammengereimt habe. Doch etwa 30 Jahre später gerät der Mann erneut ins Blickfeld. Auf einer Fahrt nach Tschechien wird der Mann, den man aus den Akten kennt, erneut von der Polizei aufgetan. In seinem Wagen finden sich zwei Schusswaffen. Doch die Hoffnung verzieht sich schnell, als die Untersuchung ergibt: Keine der beiden Pistolen ist identisch mit der Tatwaffe. Wieder nichts. Aber Mord verjährt nicht." „Voll krass", stieß Florian raus. „Was ist mit DNA-Spurenträgern?" „Florian, 1968, wir schreiben das Jahr 1968. Die Amis toben sich noch in Vietnam aus und waren noch nicht auf dem Mond." „Wenn sie überhaupt je da waren." „Gehörst du jetzt auch dazu? Verschwörungstheorie? Bielefeld gibt es gar nicht?" „Neene, sollt`n Scherz sein." „Da bin ich ja beruhigt", sagte Fänger. „Aber trotzdem, keine DNA. Fingerabdrücke, Ballistik Gutachten, alles da, hol dir doch mal die Akte und

Schau rein. Neue Besen kehren ja bekanntlich gut."

Beide tranken noch ein Bier und dann trennten sie sich. Rolf Fänger fuhr nach Haarzopf, wo er mit seiner Frau Sabine eine große Etagenwohnung in einem Sechsfamilienhaus bewohnte, dass seiner Schwiegermutter gehörte. Er hatte Sabine beim „Bullenball" im Essener Saalbau kennen gelernt und kurz drauf geheiratet. Rolfs Schwiegervater, ein „Schließer" in der JVA Essen war ein Jahr nach seiner Frühpensionierung plötzlich gestorben und Rolf kümmerte sich um die Verwaltung der insgesamt fünf Häuser der Schwiegermutter. Florian war zu aufgekratzt, um nach Hause zu fahren. Er lief die paar Meter zum

Präsidium zurück und ging zum Archiv, das im Keller, direkt neben dem unterirdischen Gang, der zum gegenüberliegenden Landgericht führte, untergebracht war. Er suchte sich die Akte „Litt" und zog sich in ein Besprechungszimmer zurück. Er vergaß Zeit und Raum bis er schon weit nach Mitternacht erschöpft die Augen schloss und einschlief.

2.

„Müssen Sie hier auf dem Bahnsteig hinpissen Sie alte Sau!? Gehen Sie gefälligst dort in die Büsche", keifte eine Frau einen Mann an. Sie zeigte auf das Ende des Bahnsteiges im Bahnhof Gladbeck-Ost. Der Betrunkene winkte mit der Hand, in der er noch eine Flasche Bier hatte ab, und torkelte dorthin, wo das Schild mit den Piktogrammen „Durchgang verboten" stand. Er stolperte in die stacheligen verkrauteten Büsche, verlor erst die Flasche aus der Hand und dann das Gleichgewicht und stürzte über das Geländer, das den nur halb zugeschütteten ehemaligen Personentunnel, der in besseren Zeiten die Gleise der heute eingleisigen Strecke Borken-Wanne-Eickel verband. Er fiel auf den Kopf und blieb bewusstlos liegen. Nachdem aus dem Schuttloch keine Geräusche mehr kamen, fasste sich ein junger Mann ein Herz und ging vorsichtig nachschauen. Da die Dämmerung schon eingesetzt hatte, sah er den Verunglückten nur schemenhaft in einer Blutlache, die sich um den Kopf gebildet hatte, liegen. Er rief den Notruf an und schilderte die Situation. Die Frau, die den Betrunkenen angekeift hatte, lief im Kreis über den Bahnsteig und stammelte immer: „Datt wollt ich nich, datt wollt ich nich, datt wollt ich nich." Als der Rettungswagen kam, stand fest, dass hier schweres Gerät angefordert werden musste. Die Rettungsassistenten brauchten die Feuerwehr, damit sie sich nicht selbst in Gefahr brachten. Nach Eintreffen des Rüstwagens ließ der Truppführer eine Leiter in den Schacht anlegen und ein Rettungssanitäter wurde mit einer Sicherheitsleine gesichert und stieg zu dem Verunglückten hinunter.

„Ach du Scheiße", würgte er hervor. Und damit meinte er nicht den Verunglückten. „Manni, ruft die Polizei. Hier unten liegt ein totes Kind." Er wandte sich ab und hätte fast vergessen, weshalb er eigentlich hier war. Nach Überprüfung der Vitalfunktionen des verunglückten Mannes begann er mithilfe eines inzwischen herunter gestiegenen Feuerwehrmannes das Unfallopfer für die Bergung im Rettungskorb vorzubereiten. Zwei andere Feuerwehrleute hatten damit begonnen das Geländer auf drei Meter Breite abzuflexen, um die Bergung zu erleichtern. Inzwischen war ein Polizeiwagen eingetroffen, aber die beiden Beamten mussten erst warten bis der Schwerverletzte zum Bahnsteig verbracht worden war. Sie alarmierten zwischenzeitlich K nach, also die zuständige Kriminalpolizei. Da der Bahnbetrieb betroffen war, informierten sie auch die Bundespolizei.

Da es spätabends war, kam der KDD Essen. Der Kriminaldauerdienst wird immer nach Dienstschluss der Dezernate, also abends, nachts, Samstag sowie an Sonn- und Feiertagen eingesetzt. KHK Lepper und sein junger Kollege KK Welski waren oft zusammen unterwegs und schon ein eingespieltes Team. Ausnahmsweise kam heute die Bundespolizei zeitgleich mit der Kripo am Einsatzort an. Die beiden Kollegen von der Bundespolizei, Kalle König und Georg Benz, waren gerade auf Graffitieinsatz an der neuen Schallschutzmauer am Bottroper Hauptbahnhof als der Einsatz kam. „Emscher 45/10 für Emscher", quakte es aus dem Handfunkgerät. „45/10 hört." „45/10 Frage Standort?" „Gleisbereich Bottrop GZ Gleise zwischen Bahnsteigende Gleis 3 und Stellwerk", antwortete Georg und ahnte, dass der ruhige Abend vorbei war. „45/10 fahren Sie Bahnhof Gladbeck-Ost. Personenunfall. Sonderrechte frei." Georg wiederholte den Einsatzauftrag und die beiden machten sich auf die Socken. „N`abend Kollege Lepper, N`abend Kollege Welski", sprach König die beiden Kollegen der Kripo nach ihrem Eintreffen in Gladbeck-Ost an. „Ach, hallo ihr beiden, König und Wenz, könnt ihr auch nicht schlafen?" „Benz, nicht Wenz, so viel Zeit muss sein", sagte Georg betont vorwurfsvoll. „Kommt mal mit ihr zwei Superbullen. Euch wird das Scherzen gleich vergehen. Stopp! Nicht runterklettern. Wir fangen gerade an, noch keine Kriminaltechnik hier oder seht ihr welche. Wir waren auch noch nicht unten. Das Kind ist tot. Der Notarzt hat es untersucht. Hier läuft uns nichts weg. Soll ein Junge sein, zehn Jahre alt vielleicht." Kalle und Georg sperrten den Bahnsteig mit rotweißem Flatterband ab und informierten die

Oberzugleitung der Deutschen Bahn über die sofortige Streckensperrung zwischen Gladbeck-Zweckel und Gelsenkirchen-Zoo. Da heute sowieso kein planmäßiger Zug mehr fuhr, hielt sich das Problem in Grenzen. Lepper, Welski, König und Benz befragten die beiden Zeugen – einen Herrn Carsten Knipping und eine Frau Claudia Heidrich, die allerdings nach der Beruhigungsspritze, die ihr der Notarzt gegeben hatte, im Moment keine klaren Angaben machen konnte. Nach EMA-Überprüfung gab ihr Georg einen Taxigutschein der DB, damit sie nach Hause fahren konnte. Auch Herr Knipping bekam nach der Befragung einen Taxigutschein und wurde entlassen.

Als die Kriminaltechniker und der Gerichtsmediziner eintrafen, wurde der zweite Scheinwerfermast eingeschaltet und alles war in gleißendes Licht gehüllt. Vom Bürgersteig an, der vor dem Bahnsteig entlangführt, wurde bis zum Bahnsteigende in Höhe des Autohauses und zur anderen Seite bis zur Straßenüberführung alles aufgesammelt, was zu finden war. Die zwei Papierkörbe wurden in Plastiksäcke entleert, zugebunden und beschriftet. Weil auf dem Parkplatz des Autohauses eine Kamera installiert war, wurde der Geschäftsführer angerufen und zu seiner Firma bestellt. Nach seinem Eintreffen ging er mit Welski in sein Büro, um die Videos zu sichten. Durch einen Programmfehler war jedoch seit sieben Tagen keine Aufnahme mehr erfolgt. Da in der letzten Woche keine Unregelmäßigkeiten im Autohaus oder auf dem Außengelände passiert waren, hatte den Fehler noch keiner bemerkt. „Wäre ja auch zu schön gewesen", meinte Welski zu Lepper gewandt. „Und von den anderen Spuren, zumindest die von der Fundstelle etwas entfernteren, verspreche ich mir auch nicht viel. Straße Asphalt. Bürgersteig Asphalt. Bahnsteig Kopfsteinpflaster." „Ich setze auf die Dornenbüsche, da bleibt immer was hängen. Ich werde mal direkt ein Referenzstück aus der Hose von dem besoffenen ausschneiden. Hast du schon Namen und Anschrift von ihm?" Lepper schaute Welski an. „Ja, schon notiert, ein Sani hat mir das Portmonee von ihm gegeben, aber die Benachrichtigung der Angehörigen überlassen wir mal der Bupo." Er grinste schief. Lepper und Welski sprachen sich immer mit dem Hausnamen an. „Fahr doch mal zum St. Barbara rüber und erkundige dich, wies der Schnapsdrossel geht und wann er vernehmungsfähig ist. Ach, und ruf noch die Leitstelle Recklinghausen an und bestell den Leichenwagen."

Der Doc und zwei Kriminaltechniker kamen aus dem Schuttloch die Leiter hoch und gingen zu der Wartebank auf dem Bahnsteig. Sie setzten sich hin, sagten kein Wort und starrten in die Leere. Langsam fing einer – die Kollegen nannten ihn „Kater Carlo", weil er immer unrasiert war und ansonsten auch so aussah, wie sie sich Kater Carlo vorstellten – stockend an zu sprechen. „30 Jahre mache ich diese Scheißarbeit jetzt. Ich komme immer zu spät, sammle den Dreck der Welt ein und ... ach Scheiß drauf. Glaubt mir ich ... wir haben schon viel gesehen ... aber hier ... aber da unten ...". Er stand auf, schob sich eine Zigarette in den Mund und ging langsam auf dem Gleis ins Dunkel der Nacht. „Ich habe schon oft mit Kater Carlo zusammen einen Tatort abgearbeitet, aber so ...?" Wieder stiegen zwei Feuerwehrleute über die Leiter nach unten, um den Rettungskorb zur Bergung des Jungen fertig zu machen. Als der Korb in grellen Scheinwerferlicht erschien und auf dem Bahnsteig abgesetzt wurde, war es so leise, dass man das Schlucken der Männer hören konnte. Selbst der Stromgenerator war für kurze Zeit nicht mehr zu hören. Der kleine Junge mit schwarzem Kraushaar im Vereinstrikot des SV Rhenania Bottrop 1919 hatte scheinbar keine Verletzungen und lag da als schliefe er. Nur seine Hände waren blutig und man konnte keine Finger mehr erkennen. Es war 4:15 Uhr als der Fahrer des Leichenwagens die Heckklappe zuschlug und sich zur Rechtsmedizin in Essen auf dem Weg machte. Eine Überprüfung der regionalen Vermisstenfälle ergab zweifelsfrei, dass es sich bei dem Jungen um Mirko Broskovic aus Bottrop handelte. Seine Eltern, die auf der Aegidistraße wohnten, hatten ihn zwei Tage vorher als vermisst gemeldet, nachdem er vom Fußballtraining nicht nach Hause gekommen war. Eine noch am gleichen Abend anlaufende Suchaktion, Befragung von Freunden und Verwandten, hatte keinen Hinweis ergeben.

Um 5:00 Uhr klingelten Lepper, Welski und ein für solche Fälle geschulter Psychologe, den man aus dem Essener Polizeipräsidium hinzugezogen hatte, bei den Eltern von Mirko in Bottrop an der Haustüre. Nach einigen Augenblicken öffnete die Mutter und starrte die drei Männer an. Sie sagte nichts, die Männer sagten nichts, sie standen einfach nur da und schauten sich an. Aus dem Hintergrund sagte ein Mann: „Wer ist da Irina?" Dann sah er die drei Männer. Sein Blick flatterte und er sagte leise „Nein." „Wir wissen, dass das sehr schwer für Sie ist, doch um raus zu bekommen, wer das Ihrem Sohn angetan hat, muss ich Ihnen ein paar Fragen stellen. Erzählen Sie mir bitte mal von dem Tag, an dem Mirko verschwunden ist", sagte Lepper. Broskovic und seine Frau hatten sich auf das Sofa gesetzt, das seine beste Zeit in den 70er Jahren des vorigen Jahrhunderts hatte. Lepper hatte sich in den einzigen Sessel, ganz an die vordere Kante, gesetzt und beobachtete die beiden ganz genau. Ihm entging nichts, jede Mimik, jede Handbewegung beobachtete er. Denn so hart es sich auch anhört, und hierbei sicherlich nicht der Fall, sind es bei einem ermordeten Kind immer die Eltern, die in den Erstverdacht geraten. Stockend begann der Vater. „Es war so gegen 20:00 Uhr am Dienstagabend. Mirko hätte schon eine halbe Stunde zuhause sein müssen. Nicht, dass wir etwas dagegen hätten, wenn er noch mit Freunden ...", er schaute hilflos seine

Frau an, „aber … Mirko selbst hat gesagt, er wollte, also, er wollte um halb acht zuhause sein. Mirko hat immer gerne im Fernsehen die Discosendung, Sie wissen schon, diese Wiederholungen von früher mit Ilja Richter angeschaut. Unser Junge fand die Musik gut und hat mal gesagt, dass er damals auch gerne gelebt hätte. Diese Wiederholungen hat er sich abends nie entgehen lassen." Jetzt erst drang das Gehörte der Mutter wohl richtig ins Bewusstsein. Sie schrie auf, schlug ihren Mann mit beiden Fäusten auf die Schulter, die Oberarme, den Kopf, schluchzte und heulte, dass es sich nicht mehr menschlich anhörte. Wenn sie kurz Luft holte, hörte man

„warum … warum … warum".

Wolfgang Amberger, der Psychologe, stand auf, nahm sie behutsam bei den Schultern und führte sie in die Küche, wo er ihr ein Glas Wasser reichte. „Frau Broskovic, ich weiß, dass ich Ihnen Ihren Kummer und Ihre Trauer, Ihre Ohnmacht nicht nehmen kann, aber lassen Sie mich ganz ehrlich sagen, dass Ihr Sohn nicht gelitten hat. Er ist auch nicht sexuell missbraucht worden. Ich weiß, das tröstet Sie nicht, jedoch musste er das wenigstens nicht erleiden. Sollen wir unseren Arzt oder einen Arzt Ihres Vertrauens hinzuziehen, damit Sie eventuell eine Beruhigungsspritze bekommen?" „Nein, ich muss das jetzt und hier erleben, ansonsten werde ich wahnsinnig, wenn die Wirkung der Spritze nachlässt und ich wach werde." Im Wohnzimmer notierten Lepper und Welski die Namen und Telefonnummern von Mirkos Trainer, Freunden und die Adresse vom Sportplatz. Lepper und Welski machten sich auf den Weg zum Essener Polizeipräsidium, Amberger blieb noch bei den Eltern in Bottrop.

Um halb sechs stand Rolf Fänger auf und ging froh gelaunt ins Badezimmer. Er hatte mit seiner Frau eine tolle Nacht hinter sich und ahnte nicht, was ihn heute im Dienst erwartete. Hätte er auch nur die leiseste Vorahnung gehabt, er wäre sofort zurück ins Bett gegangen. Auf dem Weg von Haarzopf zum

Präsidium hielt er an dem kleinen Büdchen an, eine Zeremonie seit über 20 Jahren und kaufte seine Zeitung und ein Päckchen Zigaretten. Auch das unvermeidliche Pläuschken mit Rosi, der Chefin vom Büdchen, war noch drin. Rosi wusste alles immer als erste, was im Stadtteil vor sich ging und verstand es geschickt ihre Kunden auszufragen, ohne dass sie es merkten. Nur bei Fänger hatte sie kein Glück. „Dienstgeheimnis" sagte der immer nur und ging lachend weiter. Er parkte seinen Wagen hinter dem Landgericht in der Goethestraße, wo ein kleiner, nur Insidern bekannter, kostenloser Parkplatz ist. Meistens hatte man hier Glück und eine oder zwei Stellflächen waren noch frei. Er schlenderte zum Präsidium rüber, begrüßte den Pförtner und tänzelte die Treppe zur zweiten Etage hoch. Jetzt merkte er schon, dass irgendetwas nicht stimmte, er wusste nicht was, aber seine Sinne nahmen etwas auf. Es war nicht nur alleine die spürbare Hektik oder der Blick von der Kollegin, die ihm entgegenkam. Irgendetwas war im Busch. Als er die Tür zu seinem Büro öffnete, stutzte er. „Herr Kriminalrat ... Guten Morgen, was gibt mir die Ehre?" „Guten Morgen Herr Fänger. Obwohl ich Sie sehr schätze, von Ehre kann keine Rede sein, eher von einer großen Sauerei." Fängers Gedanken überschlugen sich schneller als bei einem Teilchenbeschleuniger. Hatte er etwas verkehrt gemacht? Aber Kriminalrat Jäger ließ ihm keine Zeit zum Nachdenken. „Wir haben ein zweites Opfer. Wieder ein Junge im Fußballtrikot. Wieder im Alter wie Patrik Gehrke. Und jetzt nehmen Sie bitte Platz werter Kollege, wieder mit abgetrennten Fingern." Leise fügte er hinzu: „Nur die beiden Daumen hat man ihm gelassen." „Scheiße", stieß Fänger aus. „Eine Serie." „Ganz genau, vermutlich der Beginn einer Serie. Wir werden deshalb eine Sonderkommission, die SK ‚Trikot', deren Leiter Sie werden, bilden. Suchen Sie sich aus, wen Sie wollen, alle Erkenntnisse zweimal am Tag direkt an mich. Pressemitteilungen heute keine, ansonsten nur über mich.

Ich darf mir nicht ausmalen, was los ist, wenn wir keinen schnellen Fahndungserfolg haben." „Wer war draußen?", fragte Fänger. „Lepper und Welski. Haben sich beide ins PG gelegt, weil sie an der ersten Besprechung teilhaben wollen. In der Woche sind die Zellen im Polizeigewahrsam ja nicht so gut besucht." „Na, dann wollen wir mal", sagte Fänger und nahm sich die Telefonliste, um die Kollegen für die SK Trikot zusammenzurufen. Er rief die Dezernatsleiter von Mord I, dem 2. bis zum 8. K, und auch Schienke vom 11. K an, um die Kollegen für die SK zusammen zu bekommen. Mit Schienke konnte er zwar nicht so gut, aber das war in diesem Fall egal. Er bestellte alle für 11:00 Uhr ins große Besprechungszimmer und las sich noch mal die Akte Patrik Gehrke durch. Um 10:30 Uhr schoben sich Lepper und Welski durch die Tür, jeder einen Becher mit dampfenden Kaffee in der Hand. „Tach Kollegen", grüßten sie in die Runde. Udo, Elke und Florian saßen schon vor ihrem Laptop und grüßten zurück. Lepper und Welski zogen zwei Stühle nach vorne und stellten sie neben die Beamten. Nach und nach kamen noch Frank, Simon, Sebastian, Paul, Kai, Jennifer und Kerstin aus den anderen Dezernaten dazu und Rolf Fänger begann. „Noch einmal einen schönen guten Tag Kolleginnen und Kollegen. Vorzustellen brauche ich mich ja nicht, da wir uns alle kennen. Nachdem wir ja jetzt ein Jahr bzw. fast ein Jahr keine SK mehr hatten, habe ich heute die traurige Pflicht den Beginn der ‚SK Trikot' … Ach Scheiße, fangen wir an. Die Kollegen Lepper und Welski, die die Nacht am Leichenfundort waren, haben das Wort." „Ja", begann Welski, „Lepper und ich sind also gestern Abend während unserem Dauerdienst nach Gladbeck, genauer gesagt zum Bahnhof Gladbeck-Ost, gerufen worden, weil dort nach einem anderen Unfall mit einer betrunkenen Person die Leiche von Mirko Broskovic gefunden wurde. Mirko wurde gegen 4:00 Uhr in die Rechtsmedizin nach Essen gebracht." Er schaute Fänger an. „Hast du schon den Obduktionstermin?" „Ja, 14:00 Uhr sagte der Doc. Staatsanwalt Sattler weiß schon Bescheid. Ich treffe mich mit ihm bei Dr. Adebar." „Gut", fuhr Welski fort, „die gesicherten Spuren sind schon in der KTU. Der Betrunkene, durch dessen Unfall die Leiche entdeckt wurde, war letzte Nacht noch nicht vernehmungsfähig. Laut Aussage von Mirkos Eltern hatte der Junge von 18:00 bis 19:00 Uhr Training auf dem Platz des Rhenania Bottrop, im Blankenfeld in Bottrop-Boy. Von dort bis zu seinem Elternhaus sind es 1,4 Kilometer, also mit Klüngeln 20 Minuten. Vorgestern um 20:00 Uhr begann die Suchaktion. Ohne Erfolg – wie wir wissen. Hat bis hierher jemand eine Frage?" Er blickte suchend in die Runde. „Der verunglückte Betrunkene scheidet als Täter aus?", fragte Kerstin vom 7. K, dem Betrugsdezernat. Jetzt antwortete Lepper. „Nach Zeugenbefragung und erster Beurteilung vor Ort, ja. Der Mann ist laut beiden Zeugen auf dem Bahnsteig, der Frau und dem Mann, aus Richtung des Restaurants gekommen und hatte ursprünglich auch nicht vor hinter die Bahnsteigabsperrung zu gehen. Erst auf Drängen der Frau ging er in die Büsche." „Wir hatten noch keine Zeit uns mit dem Mordfall Patrik Gehrke zu befassen", sagte Kai, ein junger Kommissar vom Verkehrsdienst. „Wo sind die Parallelen?" „Nun als erstes und auch für den Laien nicht zu übersehen – die abgetrennten Finger an der linken und der rechten Hand. Bei beiden Kindern wurde jeweils nur der Daumen an der Hand gelassen. Zweitens, auch dieser Junge trug ein Fußballtrikot. In diesem Satz sind direkt zwei Parallelen, Junge und Fußballtrikot! Ungefähr das gleiche Alter, des Weiteren wurden beide verdeckt abgelegt, sollten also nicht so schnell gefunden werden", antwortete Fänger. „Wenn bis hierhin alles klar ist, komme ich jetzt zum Tagesplan. Frank, Simon, Sebastian und Kerstin befragen die Kollegen von Mirko, die auch beim Training waren. Die Liste mit den Adressen schicke ich gleich auf eure Handys, die Rufnummern könnt ihr Florian geben. Paul, du fährst erst nach Gladbeck zum St. Barbara und befragst Jürgen Blum, so heißt der Verunglückte vom Bahnhof Ost, danach zu Frau Heidrich in Gelsenkirchen-Bismarck, Zoostraße 4. Frau Heidrich war gestern Abend nicht zu einer klaren Aussage fähig. Ich hoffe, sie hat sich beruhigt. Kai und Jennifer befragen den Trainer, Klaus Kuschewitz, den Platzwart und wen ihr sonst noch auf dem Platz von Rhenania antrefft. Seht euch auch mal nach Videokameras um. Ich selbst bin ab 14:00 Uhr mit Sattler in der Rechtsmedizin. Und Florian, du bleibst hier. Wir bekommen noch ein paar Kollegen dazu – die kannst du schon mal über die Fakten informieren und deine Handyliste vervollständigen. Auf geht`s." Man hörte Stühle scharren und der Raum leerte sich. Fänger ging zu Fuß zur Virchowstraße. Staatsanwalt Sattler kam zusammen mit ihm an und sie klingelten. Eine studentische Hilfskraft öffnete und schon war er wieder da. Der Geruch. Der Anblick, na ja. Die Gesellen stapelten sich in zwei Räumen. Zugedeckt. Nicht zugedeckt. Montagmorgens war es immer am schlimmsten. Das ganze Wochenende Zugänge und keinen Abgang. Da ich Ihnen den Geruch hier nicht vermitteln kann, brauche ich Ihre Vorstellungskraft. Legen Sie vor Ihrem Sommerurlaub ein Steak oder Schnitzel in den Abfalleimer und genießen Sie Ihren Urlaub. Für Wasserleichen verwenden Sie einen Fisch. „Hallo ihr beiden", grüßte der Rechtsmediziner Dr. Adebar. Fänger und Sattler grüßten in die Runde. Es waren ein nach der Strafprozessordnung vorgeschriebener zweiter Arzt sowie zwei Sektionsgehilfen, einige Studenten und eine Polizeifotografin im Raum. Auf dem Sektionstisch lag Mirko inmitten von einer Ozillographsäge, Hämmern, Scheren und Handspiegeln. Auf dem oberhalb an den Sektionstisch angebrachten Organtisch lag ein Bündel Mullbinden. Das grelle Halogenlicht leuchtete auf den nackten Bauch.

„Meine Damen, meine Herren, es ist jetzt 14:10 Uhr und wir beginnen mit der äußeren Leichenschau." Dr. Adebar und der zweite Arzt beschrieben detailliert in das Diktiergerät die äußeren Merkmale des Körpers. Danach begann die innere Leichenschau. Der zweite Arzt öffnete mit einem Y-Schnitt – bei Männern wird mit dem Y-Schnitt die Brusthöhle geöffnet, bei Frauen mit dem U-Schnitt. Das ist eigentlich nur der Mode geschuldet, da einige Modelle der Leichenhemden für Frauen ein Dekolleté haben und der Y-Schnitt bei der Aufbahrung zu sehen wäre. Nach der Öffnung wurden die Rippen durchtrennt und entfernt, die Bauchhöhle wurde geöffnet und die Organe entnommen und verwogen. Dann sägte einer der beiden Sektionsgehilfen mit der Pendelsäge die Stirn von Mirko auf und zog die Gesichtshaut nach unten übers Kinn. Nach dem kompletten Öffnen der Kopfhöhle wurde das Gehirn entnommen. Für noch ausstehende toxikologische Untersuchungen entnahm Dr. Adebar an drei Stellen Gewebe und steckte sie in Asservatentüten. „Nun ja meine Herren, alles da, nichts Abnormes auf den ersten Blick", wandte sich Dr. Adebar an Fänger und Sattler. „Wir haben die Leiche im Vorfeld vor der Sektion natürlich schon durch den CT geschickt und ich muss Ihnen sagen, dass die Todesursache die gleiche ist wie bei dem anderen Jungen. Etwas anderes wird die heutige Leichenschau nicht ergeben. Der Bericht liegt morgen früh auf Ihren Schreibtischen." Sattler und Fänger waren froh nach draußen zu kommen, wo sich Fänger sofort ein Stäbchen in den Mund steckte. Er schaltete sein Handy wieder an und lud Sattler in die Polizeikantine ein, die direkt gegenüber der Staatsanwaltschaft im Präsidium ist.

Frank fuhr mit Simon im grauen VW Touran und Sebastian und Kerstin im silbernen Ford Focus der Fahrbereitschaft in Richtung Gladbeck. Auf der B 224 in Höhe Essen-Karnap erreichte sie die Nachricht mit den Adressen der kleinen Kicker. Bei der Befragung ergab sich überraschenderweise, dass sich die Aussagen der Kinder fast bis ins letzte Detail deckten, so dass die letzten zwei Stunden von Mirko ziemlich genau rekonstruiert werden konnten. Auch die Weg-Zeit-Rekonstruktion, die Frank berechnete, passte genau. Um 19:15 Uhr hatte sich Timo Brandt, ein Vereinskamerad von Mirko, an der Ecke Scharnhölzstraße/Aegidistraße von Mirko getrennt. Timo war dann auf der linken Straßenseite der Scharnhölzstraße in Richtung Innenstadt gegangen und hat sich auch nicht mehr umgedreht. Er konnte nicht sagen, ob Mirko die Scharnhölzstraße überquert hat, um weiter in Richtung seiner Wohnung zu gehen. Gegen 21:00 Uhr fuhren Frank, Simon, Sebastian und Kerstin zum Präsidium in Essen zurück. Kerstin und Frank gingen in das leere Besprechungszimmer und bereiteten die Aussagen der Kinder für die morgige Dienstbesprechung vor. Simon und Sebastian verabschiedeten sich und fuhren nach Hause.

„Sie können hier nicht parken!" Die Stimme des Facility Managers vom St. Barbara Hospital in Gladbeck überschlug sich. „Hier ist der Parkplatz von Dr. Brinkmann, da … ist doch gut zu lesen, oder?" Er schnappte nach Luft und Paul meinte aus seinen Ohren Dampf austreten zu sehen. „Dr. Brinkmann operiert heute im Glottertal." Paul hielt dem verdutzten Mann seinen Dienstausweis hin und amüsierte sich über den dümmlichen Gesichtsausdruck. „Herr Blum? Zimmer 204 in der zweiten Etage. Sie können den Aufzug oder die Treppe nehmen", flötete die Dame am Empfang. „Was denn sonst? Glauben Sie ich klettere an der Fassade hoch?" Auch hier amüsierte er sich köstlich. Er nahm die Treppe und klopfte an Zimmer 204 an. Ohne eine Antwort abzuwarten machte er die Türe auf. Blum lag alleine im Zimmer, der Platz für das zweite Bett war leer. „Guten Tag. Herr Blum?" „Ja ...?" „Herr Blum, Baumann, Kripo Essen, Mordkommission. Wie geht es

Ihnen?" „Ganz gut, aber ...". „Ganz genau, aber. Aber um Sie das zu fragen, bin ich natürlich nicht gekommen. Sie wissen, warum Sie hier sind?" „Ja", sagte Blum. „Ich bin hingefallen und habe mir den Kopf aufgeschlagen. Am Bahnhof Ost." „Hingefallen ist gut, Sie haben einen Abflug gemacht. Direkt in ein Schuttloch, 2,50 Meter tief und direkt vor ein totes Kind." Blum verlor seine rosige Gesichtsfarbe. „Tot? Ist das Kind auch in die Grube gefallen?" „Das wohl eher nicht. Aber vielleicht haben Sie es vorher dort reingelegt und wollten mal nachschauen, ob es auch gut versteckt ist oder schon gefunden wurde." Blum schoss hoch, fiel aber sofort wieder aufs Bett zurück. „Sind Sie verrückt? Ich bringe doch keine Kinder um. Ich bringe überhaupt niemand um!" Sein Gesicht nahm wieder eine rote Farbe an, diesmal jedoch puterrot. „Ist ja schon gut, ist ja schon gut. Dann erzählen Sie mir einmal, was Sie gestern, nein, vorgestern so ab 19:00 Uhr bis zu Ihrem Abflug am Bahnhof Ost so gemacht haben." Paul notierte sich alles und sagte zum Abschluss: „Gut Herr Blum, wir werden Ihre Angaben überprüfen und Sie melden sich – wenn Sie entlassen sind – für ein schriftliches Protokoll." Er verabschiedete sich und drehte sich an der Türe um. „Ach übrigens, waren die 10 Monate Haft in der JVA Castrop vor drei Jahren eigentlich

Ihre einzigen Probleme mit der Justiz oder gab es vorher noch andere Sachen? Gute Besserung Herr Blum." Auf dem Weg nach Gelsenkirchen hielt Paul bei Pieper an und kaufte sich ein neues Rollo für seinen Wohnwagen, den er schon seit Jahren in Groß-Reken auf dem Campingplatz stehen hatte. Er war begeisterter Camper und fuhr mit seiner Frau so oft sie konnten zum Platz. Frau Heidrich machte Paul die Türe auf und schob ihn nach der Begrüßung ins Wohnzimmer. „Ich habb Sie schon erwartet. Datt war ja nenn Ding gestern. Datt hammse mich zu verdanken, nä?" „Das haben Sie mir zu verdanken", konnte Paul sich nicht verkneifen zu sagen. „Wieso Sie …?"

„Schon gut, wir wollen den Fall nicht verkomplizieren. Ja, in gewisser Weise verdanken wir die Auffindung des Kindes Ihnen. Aber jetzt erzählen Sie einmal." Frau Heidrich brachte ungefragt Kaffee und Plätzchen und setzte sich in Positur. „Also datt war so, ich war bei meiner Schwester und irm Mann, also mein Schwager in Gladbeck. Gleich umet Eck beim Bahnhof." Paul musste sich den ganzen Nachmittag bis hin zum Sturz von Herrn Blum anhören. Als Paul sich verabschiedete, wusste er, dass die Tochter von Frau Heidrich ihre Schwester mit dem Cousin von dem Großneffen seiner Tante von Libuda verheiratet ist.

Kai und Jennifer trafen auf dem Platz von Rhenania Bottrop Klaus Kuschewitz, einen drahtigen Mann mit Glatze und Dreitagebart. Sie schätzten ihn auf Ende 50 und sahen ihm den Sportler an. „Verdammte Sauerei!" Kuschewitz drehte sich weg und spuckte auf den Boden. „Drücken Sie dem und mir die Daumen, dass die Polizei das Schwein vor uns schnappt." „Herr Kuschewitz, wir können Ihre Wut verstehen, aber wenn Sie uns helfen wollen, dann erzählen Sie von dem Training an dem Nachmittag. Haben Sie etwas ungewöhnliches bemerkt? Überlegen Sie, auch wenn Sie es für nicht wichtig halten. War etwas anders als sonst? War eine Person hier, die Sie nicht kannten? Ein Auto, überhaupt ein Fahrzeug?" Der Platzwart, ein junger Bursche im Alter von ungefähr 25 Jahren, der nicht wusste, wo bei seiner Mütze vorne und hinten ist, kam dazu und hatte die letzten Worte von Kai mitbekommen. „Tachjen, Andy, ich meine Andreas Bednarski, ich bin hier der Platzwart. ABM, Ein-Euro-Job. Gewissermaßen städtischer Angestellter." Kai und Jennifer stellten sich vor. „Klaus", begann Andy, „du hast doch auch diesen Typen gesehen. Dunkle Hose, silberfarbenes Jackett. Wer war das? Der passte doch gar nicht hier hin!" „Ja, weiß ich auch nicht", antwortete Kuschewitz. „Hab mir auch nichts dabei gedacht." „Könnte es ein Vater gewesen sein?", warf Jennifer ein. „Glaub ich nicht, die kenne ich alle." Kuschewitz drehte sich wieder weg und spuckte auf den Boden. „Wie sieht es hier mit Videokameras aus?" Kai drehte sich um die eigene Achse und machte mit dem Arm Bewegungen durch die Luft. „Videoüberwachung? Mensch Kollege wir sind froh, wenn der Platz morgen noch ein Sportplatz ist und hier keine Zelte für Bombenleger aufgebaut werden. Hier fehlt es an allem, vor allem an Geld." Jetzt spuckte auch Andy auf den Boden. Kai rief Frank an und sagte ihm, dass die Kinder bei der Befragung auch auf den Mann mit dem silbrigen Jackett angesprochen werden. „Herr Kuschewitz, Herr

Bednarski, achten Sie bitte in den nächsten Tagen darauf, ob der Mann noch mal hier auftaucht. Und", er machte eine Pause, „keine Alleingänge. In Ihrem eigenen Interesse." Kai und Jennifer verabschiedeten sich und fuhren zum Essener Präsidium zurück.

3.

Der kleine Junge befeuchtete seine Lippen mit der Zungenspitze. Nervös schaute er zur Seite, ob seine Mami etwas von seiner Angst mitbekam. Er konzentrierte sich auf die Sonne, deren Strahlen auf die Idylle des Bildes, das er ausmalen sollte, fielen. Es zeigte einen Bauernhof mit Gebäuden, Trecker, Tieren und die Bäuerin. Angespannt malte er Strahl um Strahl mit seinem gelben Buntstift aus. Die Strahlen waren von einem schwarzen Strich begrenzt, den man nicht übermalen durfte. Das hatte die Mami nicht gerne. Den man nicht übermalen durfte ... den man nicht übermalen durfte .... Vielleicht war es die Nervosität des Jungen, vielleicht war es die noch ungelenke Hand, als er verrutschte und über die Linie kam. „Du kleines dummes Balg, du Nichtsnutz, willst du auch einmal so unordentlich werden wie dein Onkel Heiner? Oder so ungezogen wie dein Onkel Stefan? Aber das werde ich nicht zulassen. Leg deine Hand auf den Tisch!" Phhhtttt. Das Lineal sauste wie ein Beil auf die rechte Hand des Jungen. Trotz des Schmerzes und der Panik gab er keinen Laut von sich. Jetzt bloß nicht weinen, jetzt bloß nicht weinen. „Ich glaube du stellst dich erst einmal in den Vorratsraum, um in Ruhe nachzudenken." Der Vorratsraum war ein mit Putzmitteln und Konservendosen ausgefüllter Raum von zwei Metern Länge und einem Meter Breite, der keinen Platz ließ, um sich zu setzen. Eine Stunde stand der Junge darin und rührte sich nicht. „Ich muss das nächste Mal besser aufpassen ... ich muss das nächste Mal besser aufpassen ...", dachte er immer wieder. Nach einer Stunde öffnete die Mutter die Türe zum Vorratsraum und holte den Jungen raus. Sie umarmte ihn liebevoll und legte seinen Kopf an ihre

Brust. Sie streichelte ihn und sang ihm ein Kinderlied aus ihrer Heimat vor. Dabei wiederholte sie immer wieder die Worte: „Du musst schön aufpassen und viel lernen, dann sind wir eine glückliche Familie." Als der Junge am nächsten Tag aus dem Kindergarten kam, hatte die Mutter schon das Essen fertig und empfing ihn mit offenen Armen. Sie freute sich sichtlich auf das Kind und umarmte es liebevoll zur Begrüßung. „Jetzt essen wir schön zu Mittag und dann darfst du wieder etwas von Goethe vortragen. Freust du dich schon?"

4.

Mitten in der Dienstbesprechung am nächsten Morgen schrillte das Telefon. Fänger. Er lauschte sekundenlang in den Hörer. Die Kollegen sahen, wie sich seine Gesichtsfarbe veränderte. „Sag, dass das ein schlechter Scherz ist." Wie in Zeitlupe drückte Fänger auf die Lautsprechertaste des Telefons. „Sie wissen doch, dass ich mit so etwas nicht scherzen würde", hörte man die Stimme von Kriminalrat Jäger aus dem Lautsprecher. „Die Leiche des Kindes liegt im Gebüsch beim Stellwerk Wpf an der Westeinfahrt des Bahnhofs Wanne-Eickel Hauptbahnhof. Der Fahrdienstleiter, ein gewisser Arno Müller, hat ihn dort heute Morgen bei seinem Dienstbeginn um 5:30 Uhr entdeckt. Die Bundespolizei aus Recklinghausen, die Kripo aus Dortmund und Staatsanwalt

Rommenhöller aus Dortmund sind am Fundort. Man erwartet Sie bereits." Jäger verabschiedete sich und legte auf. „Udo und Elke, besorgt euch die Adresse vom Stellwerk und fahrt nach Wanne. Ruft mich sofort an, wenn ihr euch einen Überblick verschafft habt. Wir anderen fahren mit der Dienstbesprechung fort."

Elke und Udo gingen zur Fahrbereitschaft und nahmen sich einen grauen VW Touran, setzten das Magnet-Blaulicht aufs Dach und fuhren über die B 224 und der A 42 zum Stellwerk nach Wanne-Eickel. In der Zufahrt zum alten Güterbahnhof, in der auch das Stellwerk stand, hatte ein Uniformierter ein rotweißes Flatterband gespannt, das er schnell aufmachte, als er den Touran kommen sah. Er war noch jung und Udo dachte, „gleich notiert er noch unsere Autonummer", so stramm stand der junge Kollege da und schaute ihnen nach. Udo und Elke sahen Männer und Frauen in weißen Schutzanzügen, die über den Boden krochen oder sich in die Büsche gedrückt hatten. Andere standen in kleinen Grüppchen herum, diskutierten, fotografierten oder machten sich Notizen. Ein Mann in der Uniform der Bundespolizei löste sich aus der Gruppe und ging auf Udo und Elke zu. „Guten Tag, König, Bundespolizei Inspektion Dortmund. Tja, jetzt wird es langsam schaurig. Julian Ruttlof, seit gestern Abend vermisst. Der Junge spielte beim DJK Blau-Weiß Herne Baukau hatte gestern bis 20:00 Uhr Training. Der Platz ist 4,7 Kilometer von hier entfernt, direkt an der A 42 gelegen. Äußerlich die gleiche Vorgehensweise wie bei den beiden anderen Jungen. Kommt, ich stell euch Staatsanwalt Rommenhöller vor." Er schob die beiden zu einem Mann in pastellgelbem Sommeranzug und stellte gegenseitig vor. „Aha, Sie sind also von der SK Trikot. Gut, gut, dann bestellen Sie Ihrem Chef mal, dass er sich schon einmal auf wenig Schlaf in der nächsten Zeit einstellen soll. Ich habe gerade mit der Innenministerin telefoniert, wenn nicht zeitnah verwertbare Ergebnisse kommen, kann euer Boss den Verkehr in der Stahlstraße oder am Eierberg regeln: Die Ministerin tobt. Die Bevölkerung wird nervös. Bei den Sportvereinen wollen die Väter die Sache selbst in die Hand nehmen, und was das bedeutet brauche ich Ihnen ja nicht zu erklären. Der Junge wird gleich zur Rechtsmedizin nach Essen gebracht. Dr. Adebar wird die Obduktion persönlich durchführen. Bisher gefundene Spuren scheinen mir nicht besonders interessant zu sein, aber hoffentlich täusche ich mich da." „Wo ist der Fahrdienstleiter, der den toten Jungen gefunden hat?", fragte Udo König von der Bundespolizei. „Der Mann ist zuhause, die DB hat einem Kollegen den Dienst übertragen. In seinem Zustand wäre die Sicherheit hier nicht mehr gewährleistet gewesen. Hier fahren in 8 Stunden ca. 200 Züge, dazu Rangierverkehr und Zugbildung. Da darf man seine Gedanken nicht woanders haben."

„Gut, dann brauche ich die Adresse von dem Mitarbeiter und falls noch jemand heute Morgen zum Dienst kam, auch von dem." Udo ging zur Seite und rief Rolf Fänger an. Er teilte kurz und knapp die Lage mit, ließ aber die Stahlstraße und den Eierberg weg.

Dann fuhr er mit Elke nach Recklinghausen, wo Arno Möller, der Fahrdienstleiter, mit seiner Frau wohnte. Nach dem Klingeln öffnete eine ältere Frau mit verweinten Augen die Türe. „Guten Tag, mein Name ist Burgs, von der Kripo in Essen, und das ist meine Kollegin", er zeigte auf Elke, „Frau Müller. Darf ich fragen, wer Sie sind?" „Mein Name ist Möller, ich bin Arnos Frau. Kommen Sie doch bitte rein." Sie fing wieder an zu weinen. Aus dem Wohnzimmer kam ein Mann und legte liebevoll seine Arme auf ihre Schultern. „Ist doch schon gut Anne, ist doch schon gut." „Guten Tag", wandte er sich an Elke und Udo, „Möller, nehmen Sie doch bitte Platz. Ja, ganz schreckliche Geschichte. Ich fuhr heute Morgen zum Dienst und wollte mein Auto wie immer rückwärts am Stellwerk einparken. Das mache ich immer so, ich fahre immer so weit bis das Heck von meinem Auto fast die Büsche berührt. Heute Morgen jedoch piepste meine Rückfahrkontrolle, ich hielt sofort an und stieg aus, um nachzusehen. Denn hier war noch nie etwas. Ich weiß auch nicht, ich kann es Ihnen nicht sagen, warum ich das Bündel vorher nicht gesehen habe. Ich weiß es nicht." Jetzt liefen auch ihm Tränen aus den Augen. Er stand auf und ging ins Badezimmer, wo man ihn am Wasserkran hörte. Seine Frau, Elke und Udo saßen derweil schweigend im Wohnzimmer. Herr Möller kam zurück, umarmte kurz seine Frau und setzte sich wieder hin. „Herr Möller, haben Sie den Namen und die Adresse Ihres Kollegen, der Nachtschicht auf dem Stellwerk hatte?

Das Stellwerk ist doch wohl auch nachts besetzt?" „Selbstverständlich. Wpf ist Fahrdienstleiterstellwerk, das erkennen Sie an dem Buchstaben f hinten. Mein Kollege heißt Siggi, ich meine Siegfried Büchner, und wohnt in Witten-Heven, Alte Landstraße. Die Hausnummer habe ich leider nicht, Siggi, ich meine Herr Büchner, wurde aber auch schon von Ihren Kollegen heute Morgen befragt. Auch ich habe mit ihm gesprochen, er meint er hat nichts gesehen und nichts gehört. Das ist aber auch nicht verwunderlich, denn wenn bei uns rangiert wird, schiebt die Diesellok unter Volllast die Waggons über den Ablaufberg. Wenn dann noch auf Gleis 17 direkt am Turm, also am Stellwerk, ein Gz, ich meine ein Güterzug, durchfährt, nehmen Sie keine anderen Geräusche wahr. Und wenn er ein Auto gehört hätte, würde er ihm keine Beachtung schenken, denn es kommt schon mal vor, dass Liebespärchen die alte Ladestraße befahren. Die stören uns aber nicht und werden nur von der Bundespolizei weggeschickt, wenn die Beamten ihre Streife gehen. Wir haben in Wanne viele Autotransportzüge stehen, was natürlich eine große Anziehungskraft für osteuropäische Diebesbanden hat. Die Züge stehen aber meistens nur von Samstag bis Sonntagnacht bei uns."

„Ja", dachte Udo, „die Liebespärchen stören euch nicht, wofür hat man sein

Fernglas dabei." Die beiden Beamten verabschiedeten sich und fuhren nach Essen zum Präsidium zurück. Am nächsten Morgen bei der Dienstbesprechung der SK Trikot saßen zwei dezent gekleidete, fast schon unscheinbare Männer im hinteren Teil des großen Raumes. Sie schienen völlig desinteressiert und nur wer genau hinsah, sah ihre stechenden Blicke auf Rolf Fänger gerichtet. Fänger ließ sich gerade von Sven, einem Hundeführer, über die Spurverfolgung von Mirko Broskovic auf dem Sportplatz Rhenania in Bottrop berichten, als erst einer und dann noch der andere Mann von hinten aufstand und nach vorne gingen. Einer stellte sich in Positur und begann. „Guten Morgen meine Damen, meine Herren. Ich bin Oberstaatsanwalt Underberg und dies ist", er zeigte auf den anderen Mann, „Staatssekretär Pohlmann aus Düsseldorf. Wenn ich Sie so höre, – und das gilt besonders für Sie Herr Fänger – dann frage ich mich, und nicht nur ich, sondern auch der Herr Staatssekretär, was wissen Sie überhaupt? Sie hampeln jetzt schon sechs Wochen herum und haben außer einem Mann im ‚silbrigen Jackett' und einem Taxifahrer, der zufällig da in die Büsche ging, wo das erste Opfer gefunden wurde – nichts! Wann wissen Sie, was da draußen los ist? Eltern melden ihre Kinder aus den Sportvereinen ab! Die, die noch in den Sportvereinen sind, werden von ihren Vätern, Brüdern oder sonst was für Verwandte zum Training und zum Spiel gebracht und wieder abgeholt. Einige ganz fertige beobachten die Sportplätze und warten nur darauf, ja sie hoffen es fast, dass sie einen Mann sehen, der in ihr Täterprofil reinpasst. Wissen Sie, was das bedeutet? Selbstjustiz? Wir machen jetzt mal eine kurze Pause, Sie meine Damen und Herren gehen in Klausur und wir, Herr Fänger, unterhalten uns jetzt mal unter sechs Augen in Ihrem Büro." „Herr Fänger", begann Pohlmann dort, „es geht nicht gegen Sie. Glauben Sie nicht die Staatsanwaltschaft", er zeigte auf Underberg, „oder wir von der Politik wissen nicht um die Probleme gerade bei einem Serientäter wie wir ihn hier im aktuellen Fall haben? Hier ereignen sich die Morde an den Kindern ja schneller als bei Schalke die Tore geschossen werden." Er hüstelte künstlich und war sich seines Fauxpas offensichtlich bewusst. „Wissen Sie was", brauste Fänger auf, „ich gebe die Leitung der SOKO ab, machen Sie doch weiter, vielleicht mit Herrn Underberg zusammen? Oder vielleicht hat der Hauptmeister aus der Pförtnerloge Interesse? Wissen Sie, wie sich meine Beamten den Arsch aufreißen? Die sitzen nicht hinten rechts im BMW oder Mercedes und lassen sich von Chauffeuren durch die Gegend kutschieren ...".

„Herr Fänger, bitte." Underberg verdrehte die Augen. „Ist doch wahr. Natürlich haben wir hier auf den ersten Blick eine Serie, die uns glauben macht; gut, da sind drei Opfer, und wir brauchen ja nur einen Täter zu finden, aber..." „Genau aus diesem Grund", fiel ihm Underberg ins Wort, „hat die Staatsanwaltschaft beschlossen durch das LKA Düsseldorf eine operative Fallanalyse erstellen zu lassen. Wir müssen Tathandlungen, Tatumstände, Ort und Opferprofile so weit begutachten, um Rückschlüsse auf die Lebensgewohnheiten und die Persönlichkeit des Täters zu ziehen. Wir müssen daraus ein Bild erstellen, was in der Vergangenheit den Täter zu den Taten antrieb. Was aber viel wichtiger als die Analyse ist, erhoffen wir uns von der Prognose, also der Zukunft. Hier helfen uns Handlungsmuster oder zukünftige Opfer, was wir uns alle nicht wünschen. Das Gutachten ermöglicht die Eingrenzung der möglichen Täter auf bestimmte Personenkreise. Die Analyse führt nicht zu einem einzelnen Täter, sondern hilft ein Täterprofil zu erstellen, um dann den Kreis bei einer möglichen DNA-Überprüfung kleiner zu ziehen. Das Gutachten bezieht nicht die bisher in Verdacht stehenden Personen mit ein; das ist auch weiterhin die Aufgabe von Ihnen und Ihrer SOKO, Herr Fänger. Wir bekommen drei Kollegen aus

Düsseldorf", er schaute auf die Uhr, „die ich eigentlich minütlich erwarte. Alles in allem, also auch die geographische Analyse, brauchen sie für ihr Gutachten zwei bis drei Tage. Übrigens wird auch Herr Springer, Jürgen Springer, dabei sein." Zu Pohlmann gewandt sagte Underberg, „Jürgen Springer war bis vor fünf Jahren Leiter der Mord I hier im Präsidium. Er hatte eine exorbitante Aufklärungsquote, so dass man in Düsseldorf auf ihn aufmerksam wurde. Außerdem ist noch Dr. Utberkel dabei, der seine Qualifikation in Bedburg-Hau am Landeskrankenhaus erworben hat." Rolf Fänger hatte sich wieder beruhigt und meinte: „Ich hätte mich heute, nach Absprache mit Staatsanwalt Sattler, sowieso an Düsseldorf gewandt. Ich freue mich Jürgen wieder zu sehen. Jetzt werden wir diesem Bastard einheizen, es wird keinen vierten Mord geben." Die drei gingen zurück in den SOKO-Raum, wo sie in eine heftige Diskussion gerieten. Fänger hörte gerade noch ein gerauntes „hätten wir auch alleine geschafft" und wusste natürlich sofort Bescheid. Vorne standen die drei Neuankömmlinge. Fänger ging direkt auf Springer zu, die beiden umarmten sich und klopften sich freundschaftlich auf die Schulter. „Mensch Jürgen, du hast dich gar nicht verändert." „Du aber auch nicht. Was macht dein

Heuschnupfen?" Underberg räusperte sich. „Ich glaube, wir stellen uns jetzt erst einmal gegenseitig vor." Springer entließ Fänger aus der Umarmung und ging zu Underberg. „Springer, Jürgen Springer Polizeirat beim LKA Düsseldorf." Dann machte er eine Handbewegung zu dem Mann zu seiner Rechten. „Dr. Utberkel, und das", er zeigte auf den dritten Mann, „ist Peter Wichmann, Erster Hauptkommissar bei unserem Verein." „Ja Jürgen, mich kennst du ja. Herr Underberg, Oberstaatsanwalt, Herr Pohlmann, Staatssekretär." „Und das ist", Rolf Fänger machte eine Raum umspannende Bewegung mit dem Arm und zeigte auf die 15 Männer und zehn Frauen der Stamm-SOKO, „unsere Truppe."

„Gut, wenn wir uns jetzt alle kennengelernt haben, wollen wir mal direkt mit der Arbeit beginnen." Wichmann hatte eine unsympathische Stimmlage und einen arroganten Gesichtsausdruck. „Was meint der denn, wer er ist", raunte Kai Udo zu. „Der geht zum Scheißen auch auf den Lokus." „Meine beiden Kollegen und ich werden also jetzt ein Täterprofil erstellen …". „Meine beiden Kollegen, meine beiden Kollegen ffhhh", Kai presste verächtlich die Luft zwischen Schneidezähne und Unterlippe heraus. „… kann ich meine Einführung jetzt vielleicht ohne weitere Störungen durchführen? Also wie gesagt, wir werden ein Täterprofil erstellen und uns die Tatorte bzw. die Fundorte der Kinder anschauen. Nach der schriftlichen Fixierung werden wir den Modus Operandi und die Signatur, das heißt, die Handschrift des vermutlichen Täters mit Ihnen besprechen. Sie werden die Ausdrücke sicherlich kennen, aber ich sage sie immer lieber noch einmal selber. Der Modus Operandi beschreibt die zur Durchführung der Tat notwendigen Handlungen. Sie können durch berufliche Umstände beeinflusst werden – kriminelle Erfahrungen, den Medien oder durch die Lebensentwicklung des Täters. Alle anderen Merkmale zählen zur Signatur, der Handschrift des Täters.

Sie ist das ‚Leitmotiv' des Täters. Die Signatur verrät somit im Umkehrschluss, wenn wir Glück haben, etwas über die Fantasien des Täters. Wie Merkmale zuzuordnen sind, hängt immer vom Einzelfall ab. Wer von Ihnen war an der Befragung auf Zollverein beteiligt?" Florian Drause stand auf und bemerkte flapsig: „Dann wollen wir den Kollegen vom LKA mal helfen!" Er stellte sich den dreien vor und Springer erklärte ihm ihr Vorgehen in den nächsten zwei, drei Stunden. „Wir vier fahren jetzt zusammen zur Zeche Zollverein und Sie zeigen mir den Fundort von Patrik Gehrke und danach laufen wir zum Haus von seinen Eltern." Sie gingen zusammen in die Garage des Polizeipräsidiums und setzen sich in den anthrazitgrauen T 5 Multivan des LKA Düsseldorf. Die Fahrt ging über den östlichen Cityring und Stoppenberg nach Katernberg, wo die vier den Bus auf den großen Besucherparkplatz von Zollverein abstellten. Um zum Fundort zu gelangen, mussten sie das gesamte ehemalige Zechengelände überqueren und Wichmann, der noch nie hier war, wollte von Florian einiges über die alte Schachtanlage wissen.

5.

Die Farbe des Himmels veränderte sich von einem dunklen Gelb in ein tiefes Schwarz. Der Wind nahm zu und das ferne Grollen des Donners kam näher, als der Junge unter der Bettdecke hervorkam und die Wendeltreppe ins Wohnzimmer zu seiner Mutter runter lief. „Mami, Mami, ich habe Angst vor dem Gewitter." Er presste sich ganz nah an seine Mutter und wollte sie umarmen. „Geh weg, weg mit dir. Du bist ein böses Kind. Ja, die Blitze und der Donner werden für dich geschickt. Jetzt ab ins Bett und zieh dir die Decke über den Kopf, sonst trifft dich der Blitz." Sie grinste animalisch. So musste man es mit Kindern machen, so hatte es ihre Mutter mit ihr auch gemacht und es hatte ja wohl geholfen. Sie war eine gute Frau und eine gute Mutter. Nächste Woche hat der Junge Geburtstag und wird sechs. „Ich werde morgen mit ihm noch einmal ‚Das Lied von der Glocke' üben, das macht ihm immer so viel Spaß. Wenn Oma und Opa kommen, soll der Junge das Gedicht doch fehlerfrei aufsagen können", dachte sie und legte ihre Füße wieder hoch.

Als der Junge am nächsten Mittag nach Hause kam, hatte sie schon alles vorbereitet. Auf dem Tisch stand eine Tasse Kakao für den Jungen und sie hatte sich einen dunklen Kaffee aufgebrüht. „Nun sage einmal schön das Gedicht von unserem genialen deutschen Dichter Friedrich Schiller auf", säuselte sie ihrem Sohn ins Ohr und streichelte ihm über seine Wangen. Der Junge schluckte und stellte sich wie auf einer Bühne in Positur.

„Fest gemauert in den Erden
Steht die Form, aus Lehm gebrannt.
Heute muss die Glocke werden.
Frisch Gesellen, seid zur Hand.
Von der Stirne … heiß" – Der Junge verkrampfte seine Finger – „Rinnen muss der Schweiß,
Soll das Werk den Meister loben!
Doch der Segen kommt von oben".

Die auftretende Stille erschreckte den Jungen noch mehr als der Gesichtsausdruck seiner Mutter.

Leise begann er zu weinen. „Meinst du Weinen bringt dich jetzt weiter? Meinst du Schiller hätte dieses Werk jemals vollendet, ja überhaupt begonnen, wenn er immer geflennt hätte so wie du. Ich wäre in deinem Alter froh gewesen, wenn meine Mutter ... Was rede ich eigentlich noch mit dir? Los runter in den Keller – und nimm das Buch mit – Abendbrot ist heute nicht für dich."

Im Heizungskeller war es schwül warm, doch das spürte der Junge nicht. Wenigstens hatte seine Mami ihn heute nicht geschlagen. Warum war er auch so ungeschickt.

6.

Bei der Dienstbesprechung am nächsten Morgen wurde das Ergebnis von Udos Ermittlungen vom Vortag besprochen. Es ging hauptsächlich darum: Waren Personen zu sehen, die sich mehrfach auf verschiedenen Sportplätzen aufhielten, die räumlich weit auseinander waren, und war ein Mann zu erkennen, der zu der Beschreibung passte, die der Platzwart von Rhenania Bottrop gegeben hatte, zu erkennen. Von denen ungefähr fünfhundert infrage kommenden Vereinen hatten zweihundert Vereine eine brauchbare Videoüberwachung, die jetzt schnellstens ausgewertet werden musste. Zwanzig Beamte bekamen eine Liste mit jeweils zehn Vereinsadressen und sammelten das Videomaterial ein. Schon am frühen Abend lagen die ersten USB-Sticks im Technikraum des Präsidiums und wurden in Augenschein genommen. Die drei Beamten des LKA Düsseldorf hatten sich derweil von der SOKO abgetrennt und fuhren mit ihrer Fundortbegehung alleine fort. Nach dem Welski bei der Videosichtung ein Mann aufgefallen war, auf dem die Beschreibung „silbriges Jackett und graue Hose" zutreffend konnte, wurde gegen 10:00 Uhr die Wache Bottrop angesprochen, die sofort einen Wagen zum Sportplatz Rhenania schickte und Andreas Bednarski, den Platzwart, mit Sondersignal zum Polizeipräsidium nach Essen brachte. „Jau, datt isser. Da verwett ich meinen Arsch drauf." Bednarski war total aufgeregt und fruchtete mit den Armen in Richtung Monitor. „Herr

Bednarski, denken Sie bitte daran, Sie haben hier einen Mann gesehen, der am Spielrand eines Fußballplatzes steht und ein Spiel beobachtet. Mehr nicht. Interpretieren Sie jetzt bloß nichts in das Bild hinein und bewahren Sie Ruhe. Nichts, aber auch gar nichts spricht im Moment dafür, dass dieser Mann der Täter ist. Des Weiteren halten Sie über alles, was Sie hier gesehen haben, Stillschweigen. Haben Sie mich verstanden?" „Mensch, klar Chef, aber wäre doch …". „Herr Bednarski, ich wiederhole mich nicht gerne. Sie haben mich verstanden." Fänger wirkte extrem gereizt und hielt damit auch nicht hinterm Berg. „Ich werde Ihnen jetzt ein Taxi rufen, das Sie nach Bottrop zurückbringt und wenn wir weitere Fragen haben, werden wir uns bei Ihnen melden. Einstweilen erst einmal recht herzlichen Dank." Ein Kollege brachte Bednarski zum Pförtner.

Das Bild von dem Mann wurde aus dem Video extrahiert, bearbeitet und vergrößert. Eine Liste aller infrage kommenden Sportplätze zwischen Duisburg und Dortmund, Dorsten und Essen wurde angelegt und in Zehnergruppen aufgeteilt. Die Beamten bekamen Bildkopien von dem Mann mit und befragten die Platzwarte und alle Trainer, die auf den Plätzen angetroffen wurden, nach dem Mann. Einige erkannten in ihm Gert Röper, der sich öfter mal auf dem Platz aufhielt und sich ein Spiel der C-oder D-Jugend ansah. Die Ermittler, die die Videos auswerteten, hatten Röper auch auf dem Sportplatz von Stoppenberg 05 und auch beim Blau-Weiß Herne Baukau gesichtet. Die EMA-Abfrage ergab, dass Röper in Gelsenkirchen-Erle wohnte und nicht vorbestraft war. „Dann wollen wir uns diesen ‚Fan' mal genauer angucken", sagte Rolf Fänger. „Jennifer, Udo und Kai – ihr kommt mit. Wir nehmen einen Bulli, wahrscheinlich haben wir auf dem Rückweg einen Fahrgast dabei." Jennifer sah, wie er unmerklich seine beiden Hände verkrampfte.

Sie kamen zügig durch und eine halbe Stunde später schellten sie bei Gert

Röper an der Haustüre. Ein Mann, um die 40, schlank und gepflegt, öffnete in einem anthrazitfarbenen Jogginganzug. „Ja bitte?" „Herr Röper?" „Ja." „Mein Name ist Fänger von der Kriminalpolizei Essen und meine Kollegen. Wir würden uns gerne einmal mit Ihnen unterhalten, dürfen wir reinkommen?" „Ja … ich weiß nicht, ich wollte gerade …". Fänger schob ihn zur Seite und die drei Kollegen drängten nach. „Herr Röper, Sie werden gleich einiges wissen müssen, zum Beispiel wo Sie am 4. Juni dieses Jahres um – sagen wir mal – 17:00 Uhr waren." „Darf ich vielleicht erst einmal erfahren, was hier los ist. Sie überfallen mich hier mit vier Leuten und fragen mich nach

Terminen, die drei Monate zurückliegen. Ich würde auch gerne nochmal Ihren Ausweis sehen." Fänger zeigte ihm seinen Ausweis und wiederholte die Frage nach Röpers Aufenthaltsort am 4. Juni um 17:00 Uhr. „Das kann ich Ihnen so nicht sagen, da muss ich erstmal in meinen Terminkalender gucken." Röpers Hand zitterte, als er den blauen Taschenkalender der Volksbank Gelsenkirchen zur Hand nahm und reinschaute. Der Kalender fiel ihm aus der Hand und erhob ihn wieder auf. „Sind Sie nervös Herr Röper?", fragte Jennifer. „Nein, hier: 15:00 bis 18:00 Uhr Essen-Stoppenberg, Sportplatz am Hallo." „Uth, das ist ganz schlecht", presste Fänger durch die zusammengekniffenen Lippen, „ganz schlecht. Dann schauen Sie doch einmal in Ihr schlaues Buch, wo Sie am 21. Juli, sagen wir auch, um 17:00 Uhr waren."

Röper brach der Schweiß aus. Seine Finger zitterten und der Kalender fiel ihm wieder aus den Händen. Am Donnerstag, am 21. Juli, da war ich in Bott. Er hielt mitten im Satz inne und verkrampfte sich. Er ließ sich rückwärts auf einen Sessel fallen und stöhnte. „Jetzt weiß ich, was Sie von mir wollen, sind Sie denn wahnsinnig? Meinen Sie etwa ich? Ich bin Talentscout für einen Verein der Bundesliga. Ich gucke mir Spiele an, um junge Talente schon früh zu erkennen. Ich fasse es nicht. Darf ich

Sie jetzt bitten meine Wohnung zu verlassen." „Herr Röper, was für einen Wagen fahren Sie?", mischte sich Udo ein. „Lassen Sie mich, lassen Sie mich in Ruhe und gehen Sie. Bitte." „Herr Röper, haben Sie etwas dagegen, wenn wir uns einmal bei Ihnen umschauen?", fragte Jennifer. „Gehen Sie jetzt!" „Herr Röper, so einfach ist das nicht. Ich muss Sie bitten zur Vernehmung mit nach Essen zu kommen, wir können den Sachverhalt hier und jetzt so nicht klären. Seien Sie vernünftig und ziehen Sie sich etwas an. Ich bitte Sie um Verständnis. Geben Sie mir bitte auch Ihren Wohnungsschlüssel, damit meine Kollegen im Bedarfsfall Ihre Wohnung untersuchen können."

Röper war in sich zusammengesackt und brachte kein Wort mehr heraus, zog sich Schuhe und eine Jacke an und verließ mit den Beamten das Haus. Auch auf der Fahrt nach Essen – er saß hinten neben Kai – starrte er schweigend vor sich hin. Im Präsidium brachten ihn die Beamten in den Vernehmungsraum und begannen mit der Befragung. Wichmann vom LKA Düsseldorf kam durch Zufall dazu und bekam einen Tobsuchtsanfall, weil man ihn nicht früh genug darüber informiert hatte. Er rief sofort bei Staatsanwalt Sattler an und verlangte das Fänger von dem Fall abgezogen werden sollte. Fänger, der das in einer Vernehmungspause mitbekam, ließ das völlig kalt.

Während der Vernehmung untersuchte die KT Röpers Wohnung und die Kellerräume, was jedoch keinerlei Ergebnis brachte. Für die Tatzeit des dritten Mordes in Wanne-Eickel hatte Röper außerdem für den gesamten Tag ein lückenloses Alibi nachzuweisen. Gegen 22:00 Uhr brachte Kai Röper mit einem Dienstwagen zurück nach Gelsenkirchen. Am nächsten Morgen war die Stimmung bei der Dienstbesprechung auf dem Nullpunkt.

„Kannst du uns schon einmal einen Vorab-Einblick in eure Analyse gewähren?", wandte sich Fänger an Jürgen Springer. „Nein, das möchten wir – und da spreche ich für uns drei –

nicht. Das würde euch nur verwirren. Ich schätze morgen Abend, spätestens übermorgen früh wird das Ergebnis mit euch besprochen." „Komm Rolf, wir fahren ins Löwen Bräu am Kopstadtplatz und stimmen uns auf das Oktoberfest ein. Ich fahr mit Jutta jedes Jahr auf die Wiesen. Ruf deine Sabine an und sag ihr es wird heute etwas später. Und vielleicht ist ja auch die blonde Bedienung noch da ... die ... Mensch wie hieß die denn noch gleich?" „Du meinst Titten Inge." „Genau, Titten Inge. Los, ich ruf uns eine Kutsche." Jürgen schwärmte dem Taxifahrer bis zum Kopstadtplatz die Vorzüge der drallen Kellnerin vom Löwen Bräu vor und gab ein großzügiges Trinkgeld.

Obwohl Titten Inge nicht mehr im Löwen Bräu kellnerte, wurde es ein gelungener Abend.

7.

Am nächsten Morgen wurde Fänger von Radio Luxemburg geweckt. Die Startmelodie der Radiosendung „Die großen 8" von Radio Luxemburg, einer Kultradiosendung aus den späten 1960er Jahren, war der Klingelton von Fängers Handy. „Fänger." Fänger lauschte, sagte eine kurze Bestätigung und ließ sich auf das Kissen zurücksinken. Er war alleine, Sabine war schon früh aus dem Haus gegangen. Jetzt hätte er gerne jemanden zum Sprechen gehabt. Jemand, der mit diesem verdammten Fall nicht direkt zu tun hatte. Fänger stand benommen auf, gab seinen Haaren einen Schuss Haarspray, kämmte sie zurück, zog sich an und setzte sich ins Auto. Was war hier los? Er musste sich zwingen seinen Wagen zu starten und setzte wie in Trance sein Blaulicht aufs Dach. Er schaltete das Martinshorn erst auf der Humboldtstraße ein und schaffte die vier Kilometer bis zum Westendhof in weniger als fünf Minuten. Hinter der Tankstelle von Mister Wash standen drei Polizeiwagen und ein blauer Ford Focus vom KDD. Hier, an der Ausfahrt der Waschanlage, die durch eine automatische Schranke gesichert ist, stand eine große Müllpresse der

EBE, den Entsorgungsbetrieben der Stadt Essen. Die Ausfahrt um die Müllpresse war weiträumig mit Absperrband gesichert. „Guten Morgen Rolf." Lepper war heute mit Heinz Schmidt, einem alten Kommissar, unterwegs. Schmidt war zwei Jahre vor seiner Pensionierung noch schnell vom Hauptmeister zum Kommissar befördert worden und Fänger wusste auch genau, warum er nie über den Hauptmeister hinausgekommen war. Schmidt nahm es mit den Gesetzen, vor allem bei Festnahmen, nicht so genau. Er schlug schon mal gerne zu, auch wenn der Festgenommene schon die stählerne Acht an den Handgelenken hatte. Fänger arbeitete nicht gerne mit ihm zusammen, aber im Moment verschwendete er daran keinen Gedanken. „Ja Rolf, Junge Nummer vier. Ein Putzmann, Riza Filinte, der mit seinem Kollegen Adnan Jovente nachts die Waschanlage säubert und Reinigungsmittel auffüllt, hat den Jungen um 4:00 Uhr gefunden, als er Abfall zur Müllpresse gebracht hat. Sitzen beide da vorne mit Michael im Passat. Die KTU und die Staatsanwaltschaft sind verständigt." Fänger steckte sich ein Stäbchen zwischen die Lippen und ging auf die andere Straßenseite. Seine Gedanken rasten. Essen, Bottrop, Wanne, Essen. Essen, Bottrop, Wanne, Essen. Ein geographisches Dreieck. Er dachte an das Bermudadreieck, aber dort verschwanden die Dinge, hier tauchten sie auf. Tot und verstümmelt. Er war gerade gar nicht näher an das leblose Bündel herangegangen, er wusste auch so, was er dort sehen würde. Fänger hörte von ferne die Martinshörner von den Fahrzeugen der KTU und setzte sich in sein Auto. Nach dem Eintreffen beobachtete er die Kollegen und Kolleginnen bei der Arbeit bis Staatsanwalt Sattler ankam und seinen Wagen vor ihm parkte. Er stieg aus und die beiden begrüßten sich. „Mensch Fänger, können wir uns nicht einmal unter anderen Umständen treffen?" „Gern, sobald ich dieses Dreckschwein in der Hölle abgeliefert habe, können Sie über mich verfügen." „Wie weit sind eigentlich die drei Weisen, nicht die aus dem Morgenland, sondern die aus Düsseldorf, mit ihrer Arbeit?" „Eigentlich wollten wir uns um 9 Uhr zur Dienstbesprechung treffen, aber jetzt?" „Wissen Sie was, Rolf, fahren Sie ins Präsidium und bereiten Sie die Dienstbesprechung vor, ich glaube hier und jetzt bekommen wir keine neuen oder wichtigen Erkenntnisse. Die Truppe von der KTU wird das Kind schon schaukeln. Ups, das war wohl nicht angebracht. Wie dem auch sei, ich bleibe hier und veranlasse nach Beendigung der Spurensuche die Abholung von dem Jungen zur Rechtsmedizin." Die beiden verabschiedeten sich und Fänger fuhr über den Berziliusplatz zum

Präsidium. Er parkte seinen Wagen und ging in die Kantine, um erst einmal zu frühstücken.

„Hallo Claudia", grüßte Fänger die gute Seele der Polizeikantine. „Guten Morgen Herr Fänger. Sie sehen aber gar nicht gut aus. Haben Sie letzte Nacht schlecht geschlafen?" „Ich habe sogar ausgezeichnet geschlafen, bis das Telefon … ach Claudia, wir haben jetzt Junge Nummer vier." Claudia wurde blass, wandte und setzte sich auf den nächsten Stuhl. Fänger legte ihr die Hand auf die Schulter und sagte: „Wir kriegen ihn, bald, und wenn es das letzte ist, was ich in meinem Leben mache. Und dann möchte ich nicht in seiner Haut stecken. Was er danach im Vollzug erlebt, wird für ihn dann wie Erholung sein." Er holte sich einen Kaffee und zwei Brötchen und setzte sich alleine in den hintersten Winkel der Kantine. Da fiel ihm die Frau eines alten Schuhfreundes ein, mit dem er immer noch Kontakt hatte, obwohl er fast 400 Kilometer entfernt an der Nordseeküste wohnte. Die Frau hieß Regina und stand im Ruf sich privat bei Freunden, Verwandten und Bekannten als Wahrsagerin zu betätigen. Er hielt gar nichts davon und wie er jetzt darauf kam, er wusste es nicht. Sollte er ...? „Ist doch alles Hokuspokus und Show", hatte er einmal zu ihr gesagt. Andersrum hatte er sich manchmal auch gewundert und innerlich gefragt, wie kann das sein, stimmt eigentlich alles, was sie da sagt. „Aber erst einmal werde ich gleich das Ergebnis der drei Weisen aus Düsseldorf abwarten", dachte er. Aber der Gedanke Regina zu fragen, hatte sich in seinem Kopf festgesetzt. Im Übrigen wäre es nicht das erste Mal, dass die Zunft der Glaskugelbetreiber der Polizei ihre Mithilfe anbietet, vor allem immer dann, wenn es um vermisste oder tote Kinder ging.

8.

„Gib doch den Ball an Simon ab. Mensch schick ihn rüber, Simon läuft doch völlig frei." Ludger Wolkhusen von Westfalia Reken lief puterrot an. Er holte den Jungen aus dem Spiel gegen Victoria Heiden, in dem es schon in der dritten Minute zwei Treffer für die Heidener gegeben hatte und setzte dafür Janis Gehling ein, der nur auf seine Chance gewartet hatte. „Ich halte das mit dir nicht aus", schrie er den Jungen an. „Du bist nicht alleine gegen die gegnerische Mannschaft im Feld, ihr seid zu elft. Wenn du einen Sport betreiben möchtest, wo du alleine spielst, dann musst du ... ach ist mir auch scheißegal, welcher Sport das sein könnte. Nur Fußball, Fußball ist es bestimmt nicht." In der Halbzeitpause fielen die anderen Spieler von Westfalia Reken über den Jungen her. „Arschloch" war noch der netteste Ausdruck, der fiel. „Ja, du hättest natürlich alles besser gemacht Simon, ihr könnt doch selber nichts. Zwei Meter noch, dann hätte ich wie Gerd Müller, aber den kennt ihr ja sowieso nicht ... lasst mich einfach nur in Ruhe. Ich bin besser, als ihr alle zusammen." Mit diesen Worten verließ er die Umkleidekabine und setzte sich alleine an den Spielrand neben der kleinen Tribüne.

Der Ruf der Mutter hatte das Timbre eines Rotkehlchens, als sie ihren Sohn rief, und nur wer genau hinhörte wusste, was gleich geschah. „Warst du wieder auf dem Platz? Du weißt doch, dass ich das überhaupt nicht mag. Fußball ... Pff. Wir werden dich Montag bei Frau Hüfner in der ‚Rekener Farbmühle' anmelden. Das passt viel besser zu dir. Du schaust dir doch so gerne alte Gemälde an. Deine Trikots habe ich schon für dich auf den Müll geschmissen. Auch das blöde Bayerntrikot." Der Junge schluckte und die Tränen schossen ihm in die Augen. „Es ist schön, dass du dich so freust", grinste die Mutter diabolisch.

9.

„Rolf, wir werden die Besprechung der Fallanalyse auf heute Nachmittag verschieben." Florian war in die Kantine gekommen und hatte Fänger in der Ecke entdeckt. „Staatsanwalt Sattler möchte erst die Ergebnisse von dem Leichenfund heute Morgen bei Mister Wash besprechen. Ich gehe jetzt zur K-Wache und hohle die

Vermisstenanzeige von dem Kind."
„Ist gut Florian, ich bin gleich da." Er
nahm den letzten Schluck Kaffee und
ging zum Zimmer 211.

„Morgen zusammen, den guten
verkneife ich mir lieber", sagte Fänger
zur Begrüßung der anderen. „Wie ihr
wisst, wurde heute Morgen Opfer
Nummer vier gefunden, Name und
andere Daten besorgt Florian und
dann wissen wir mehr. Was ich bis
jetzt sagen kann, ist, dass es sich
wahrscheinlich um die gleiche
Tatbegehung handelt, wie bei den
bisherigen drei Morden. Staatsanwalt
Sattler ist am Fundort geblieben und
ruft mich an, sobald es nennenswerte
neue Erkenntnisse gibt." Die Tür ging
auf und Florian kam mit einem

dünnen Schnellhefter in der Hand in den Raum. Da er schon vor Fänger bei den Kollegen war, entfiel die Begrüßung und er kam sofort zur Sache. „Kolleginnen und Kollegen, das Opfer hat einen Namen. Paul Lohrhäuser, er wäre morgen zehn Jahre alt geworden, er sieht jedoch älter aus und ist ein bisschen größer als vergleichbare Altersgenossen. Paul wurde seit gestern Abend 18:00 Uhr vermisst. Allerdings war er zuletzt nicht auf einem Sportplatz bei einem Spiel oder beim Training, sondern spielte auf dem Bolzplatz Kersthover Höhe, Ecke Im Looscheid in Essen, Stoppenberg. Nach jetzigen Erkenntnisstand war er dort alleine, zumindest nach Aussage seines älteren

Bruders Sascha, der gegen 18:10 Uhr auf dem Bolzplatz und in der kleinen Grünanlage, die den Platz umgibt, nach seinem Bruder suchte. Laut Sascha war eine der vier Bänke, die am nördlichen Rand des Bolzplatzes stehen, besetzt, Sascha tippt auf einen betrunkenen Russen oder Spätaussiedler, die dort zahlreich in der Straße Im Looscheid bzw. Nothofsbusch wohnen. Die Trunkenheit vermutete er wegen der offen, auf der Bank neben dem Mann stehenden, Schnapsflasche. Sascha ging zuerst alleine in den an den Bolzplatz angrenzenden Helenenpark, wo er jedoch nur zwei oder drei Wege absuchte, um dann zu seinen Eltern zurück zu gehen und um 18:37 Uhr wurde von Frau Lohäuser der Notruf angerufen. Kollege Püschel von der PI 1 fuhr daraufhin zur Wohnung der Eltern und man telefonierte Freunde, Bekannte und Verwandte ab, was jedoch zu keinem Resultat führte. Zeitgleich durchfuhren zwei Kradfahrer den vor allem im hinteren Teil unwegsamen Helenenpark und das Pumpwerk des Stoppenberger Mühlenbaches, das an den Helenenpark angrenzt und bis zur Arendahls Wiese reicht. Sie hatten keinerlei Erkenntnisse bezüglich des Jungen. In diesem Zusammenhang drängt sich mir natürlich die Frage auf, warum der DGL PI 1 uns nicht verständigt hat. Das hätte zwar, da bin ich mir ziemlich sicher, den Mord nicht verhindert, aber wir hätten ein paar Stunden gewonnen. Laut Püschel war der Hubschrauber ‚Hummel 4' wegen eines technischen Problems nicht startbereit und zwei Hundertschaften wurden nach Köln verlegt, um die Kollegen dort bei einer Großrazzia zu unterstützen. Elke und Udo sind zu den Eltern in der Kersthover Höhe unterwegs. Die Wohnung ist nur 200 m von dem Bolzplatz entfernt." Er hielt kurz inne und fragte, ob jemand Kaffee wollte. Nachdem sich die Anwesenden mit frischem Kaffee versorgt hatten, kam Staatsanwalt Sattler herein. Er grüßte kurz in die Runde und begann. „Wie schon vermutet, gleiches Tatvorgehen, wenig Spuren und wieder keine

Kameraaufzeichnung. Als wenn der Hund weiß, wo er unbeobachtet ist oder wo die Kameras außer Betrieb sind. Ich habe auf dem Weg hierhin mit Dr. Adebar telefoniert, der mir zusagte um 13:00 Uhr mit der Obduktion zu beginnen." Er schaute zu Fänger. „Gehen wir beide zur Rechtsmedizin oder hast du andere Pläne?" „Nein", antwortete Fänger, „ich komme mit. Florian bleibt hier. Der Junge hat alles hier in Griff, ich werde bald nicht mehr gebraucht." Er lächelte wohlwollend in Florians Richtung. Fänger ging zu Hartmut und fragte ihn nach den bisherigen Hinweisen aus der Bevölkerung. „Tja", begann Hartmut bedächtig, „wir haben jetzt ungefähr, Stand gestern Abend, 300 Hinweise, die für eine Abarbeitung geeignet waren bzw. sind. Darunter sind 15, die im Duplexraster hängengeblieben sind, das heißt, sie enthielten gleiche Hinweise von unterschiedlichen ...".

„Ich weiß, wie das Duplexverfahren funktioniert," unterbrach ihn Fänger barscher als gewollt. „Ist etwas heißes, konkretes dabei?" „Tja, es ist immer wieder von einem dunklen oder schwarzen Kombi in den Hinweisen zu hören. Vor allem im Fall Broskovic aus Bottrop und Ruttlof in Wanne. Kerstin und Simon arbeiten an den Zulassungslisten. In vier Hinweisen haben wir übereinstimmende Kennzeichenfragmente. Tja, und dann natürlich wie immer die

Denunzianten, die auf diese Art und Weise ihren ungeliebten Nachbarn loswerden wollen. Sind auch ungefähr 200 Anrufe gewesen. Wenn es nicht so traurig wäre, könnte man sogar drüber lachen. Eine alte Vettel aus Merklinde meint, dass das garantiert ihr Nachbar ist, der, nur mit einem Hut bekleidet, immer durch seinen Garten läuft. So einer bringt auch Kinder um. In Essen-Frohnhausen haben gleich fünf Mietparteien den sechsten im Haus verdächtigt, weil er den Kicker, die Sport Bild und noch ein paar andere Zeitungen, die über Fußball berichten, abonniert hätte. Armes Deutschland." „Vielleicht kriegen wir den Täter ja gleich von den drei Weisen aus Düsseldorf auf

dem silbernen Tablett serviert,"
meinte Fänger und machte sich auf
den Weg in die Rechtsmedizin.

10.

Um 17:00 Uhr begannen die Beamten
des LKA Düsseldorf im großen
Besprechungsraum des Essener
Polizeipräsidiums mit ihrem Ergebnis
zur Fallanalyse bei den nun
inzwischen vier Morden an jungen
Kickern.

Vorne standen Jürgen Springer und
Peter Wichmann und bereiteten ihre
Aufzeichnungen vor, die sie in den
letzten beiden Tagen
zusammengetragen hatten. Dr.
Utberkel war schon am Mittag nach

Bedburg-Hau in das Landeskrankenhaus zurückgefahren, weil dort einer seiner Patienten einen anderen in der Nacht mit einem Beil aus der Schreinerei erschlagen hatte. Nachdem Rolf Fänger dazugekommen war, begann Wichmann mit dem Vortrag über die Fallanalyse.

„Kolleginnen und Kollegen, nachdem Herr Springer, Dr. Utberkel und ich Gelegenheit hatten, uns ein Bild über die Morde und die Vorgehensweise des Täters zu machen – wir gehen von einem Einzeltäter aus – sind wir also zu folgendem Ergebnis gekommen." Er machte eine Kunstpause, in der die Stille im Raum fast körperlich zu spüren war, und fuhr fort. „Unser Täter ist schwer in seiner

Persönlichkeit gestört, das heißt, es ist bei ihm mit dem weitgehenden oder völligen Fehlen von Empathie, sozialer Verantwortung und Gewissen zu rechnen. Diese Täter sind charmant, sie verstehen es, oberflächliche Beziehungen einzugehen. Dabei sind sie sehr manipulativ, um ihre Ziele zu erreichen. Oft mangelt es ihnen an langfristigen Zielen, sie sind impulsiv und verantwortungslos. Psychopathie geht mit antisozialen Verhaltensweisen einher, so dass oft die Diagnose einer dissozialen oder antisozialen Persönlichkeitsstörung gestellt werden kann. Den Psychopathen erkennt man oft an einigen oder allen Anzeichen in seinem Wesen. Auf unseren Täter bezogen bedeutet das, dass er sich den Kindern trickreich als sprachgewandter Blender mit oberflächlichem Charme nähert. Er hat ein erheblich übersteigertes Selbstwertgefühl und seine Lügen sind schon als pathologisch zu bezeichnen. Er fühlt sich als bester Spieler, den Kindern gegenüber, aber auch gegenüber den Ermittlungsbehörden. Es ist anzunehmen, dass er als Kind keine Aufnahme in einem Fußballverein fand. Sei es, weil er sich nicht im Team intrigieren konnte oder wollte, sei es, weil er spieltechnisch unbegabt war. Danach wurde er theoretisch. Er las alle Sportnachrichten, er fraß sie wahrscheinlich in sich rein. Unter Umständen spielte er Spiele wie in

Trance an Spielkonsolen. Er war immer der Kapitän, er gewann das Spiel, nicht sein Verein. Eine Annäherungsmasche könnte das Nennen von prominenten Spielern sein, die er angeblich zu seinen Freunden zählt und die er mit den Kindern bekannt machen möchte. Sie, die Kinder, würden dann auch einmal so berühmt. Das wäre doch auch ihr Wunsch. Hierbei hat er keinerlei Gewissensbisse oder Schuldbewusstsein. Bei den Näherungsversuchen entwickelt er keine oder nur oberflächliche Gefühle. Wahrscheinlich verdrängt er in diesem Stadium sogar den Gedanken jetzt gesehen zu werden und damit entdeckt zu werden. Er spürt keinerlei

Verantwortung für sein Handeln. Wer sind die Kinder schon? Bilden sich ein die größten Nachwuchstalente zu sein. Sie sollten froh sein nicht über den Ball zu stolpern. Er betrachtet sie in seinem Inneren als widerwärtig. Er hätte das Zeug gehabt in Schalke oder Dortmund aufzulaufen. Aber ihn wollte man ja nicht. Es ist anzunehmen, dass er heute noch Konsolenspiele im Sportbereich spielt, jedoch sich dabei im Grunde langweilt und wegen der fehlenden Verhaltenskontrolle außer Haus begibt. Wahrscheinlich war er schon als Kind oder als Jugendlicher verhaltensauffällig. Hierzu zählen eventuell Diebstähle oder Körperverletzungen. Ihm fehlte es an realistischen und langfristigen Zielen und er ist impulsiv. Er öffnet sich nicht, was dann zur Explosion führen kann. Er hat wahrscheinlich nie Verantwortung übernommen und die Menschen in seiner Nähe sind nichts wert. Dies geht hin bis zum Absprechen der Lebensberechtigung. Sollte er schon einmal mit einer Bewährungsauflage versehen worden sein, wird er gegen alle Auflagen verstoßen haben. Außerdem schreibt die Fachliteratur solchen Menschen Promiskuität zu, das heißt, viele eheähnliche Beziehungen von kurzer Dauer und ständig wechselnde Partner. Hat bis hierhin jemand eine Frage?" „Ich", meldete sich Kai. „Wo wohnt der Hurensohn, damit ich ihm

seine Hände abhacken kann?"
„Lieber Kollege, so weit geht unsere
Analyse nicht, dass wir am Ende auf
Knopfdruck seine Personalien haben
und ihn nur noch abholen müssen.
Aber ich glaube, wir wissen jetzt, wie
er tickt. Wir denken, er ist als Kind
von seiner Mutter und/oder Vater
seelisch misshandelt worden. Er
musste in allem gut bis sehr gut sein.
Fehler durfte er nicht machen. Von
ihm wurde lange vor der Einschulung
Wissen erwartet, das er altersbedingt
noch gar nicht haben konnte. Sport,
wie ihn Altersgenossen haben, wurde
ihm verboten bzw. erst sehr spät
erlaubt. Oft, ja fast immer, richtet sich
die aufgestaute Unterdrückung bei
diesen Menschen nach der Pubertät

gegen Frauen, in denen dann die Mütter wiedererkannt werden. In unserem gegenwärtigen Fall scheint auch noch Mobbing im Kindesalter von gleichaltrigen dazuzukommen, was die Verstümmelung der Opfer erklären könnte. Dr. Utberkel vermutet, dass der Täter als Kind oder Jugendlicher in mehreren Vereinen in dem Teamspiel gefordert ist, aus dem Gruppenverband ausgeschlossen wurde, respektive erst gar nicht reingelassen worden ist. Sie suchen einen Mann, 30 bis 40 Jahre alt, gebildet, Einzelgänger, medizinische oder militärische Kenntnisse oder Ausbildung. Sein Wohnort und Lebensumfeld ist das Ruhrgebiet. Ob er hier geboren wurde, lässt sich aus den Spuren nicht erkennen. Wahrscheinlich ist er vorbestraft, was wir hoffen, denn das würde uns die Suche erleichtern. Ich bitte Sie die nächste Stunde mit dem Gehörten in Klausur zu gehen und sich auszutauschen. Wir treffen uns morgen alle hier um 08:00 Uhr wieder. Meine Damen, meine Herren, ich danke Ihnen." Als die Gruppe der Kollegen sich auflöste, nahm Rolf Florian zur Seite und fragte ihn: „Meinst du, dass du morgen am Freitag hier ohne mich klarkommst? Ich habe in Freiburg bei meinem Schulfreund angerufen, ich werde morgen mit dem Zug zu ihm fahren und bis Sonntag bleiben. Du weißt ja, mein alter Schulfreund, der mit der

Wahrsagerin verheiratet ist. Sprich mit keinem darüber, ich glaube ja selber nicht daran, aber ich muss nach dem Strohhalm greifen." „Mann toll, da kannst du ja einen kleinen Abstecher in die Schweiz machen." „Florian, dieses Freiburg, wo ich hinfahre, liegt zwischen Stade und Cuxhaven, direkt an der Elbe, das wäre schlecht für einen Abstecher in die Schweiz." Rolf und Florian deuteten eine Umarmung an und trennten sich. Beide waren in Gedanken schon bei der Verhaftung des Monsters.

„Informationen zu IC 2257 nach Greifswald über Münster, Bremen, Hamburg-Harburg, Hamburg Hauptbahnhof und Rostock fällt heute leider wegen eines Defekts am Triebfahrzeug aus. Wir bitten um Entschuldigung. Reisende nach Hamburg nehmen bitte den aus Gleis 6 am gleichen Bahnsteig abfahrenden HKX. Der Zug hält nicht in Bremen Hauptbahnhof. DB-Fahrkarten werden dort anerkannt", quakte es aus dem Lautsprecher am Bahnsteig. Finger stieg in den bunten HKX, der aus Reisezugwagen einer früheren, ganz früheren Epoche bestand. Das war Bahnromantik pur. Die Fenster ließen sich öffnen, was bei 200 km/h und wild flatternden Gardinen gut ankam. Rolf machte sich auf Erkundungstour zum – nicht vorhandenen – Speisewagen und wähnte sich schon im falschen Zug, dessen Zielbahnhof in Ghana oder Burkina Faso liegen musste. Aber wahrscheinlich kam der Zug von dort. Wenn er grob überschlug, rechnete er 100 Jahre Zuchthaus zusammen. Aber pro Waggon.

Die weitere Fahrt verlief ohne Zwischenfälle und in Harburg stieg Fänger in den gelben Metronom, der ihn nach Hemmoor brachte. Dort erwartete ihn Axel, sein alter Schulfreund aus Essen, mit dem Smart seiner Frau Regina, und sie fuhren nach Freiburg an der Elbe. Nach der stürmischen Begrüßung durch die drei Hunde der beiden, wobei einer ein Rottweiler ist, der locker 70 Kilo auf die Waage bringt, brachte Fänger seinen Trolley in das ganz in Rot gehaltene Gästezimmer. Nachdem er sich frisch gemacht hatte, aßen die drei zusammen einen selbstgebackenen Stachelbeerkuchen und redeten über alte Zeiten, in denen die beiden noch in Essen gewohnt hatten. Nach dem Kaffee gingen die drei mit den Hunden spazieren und überlegten, ob sie am Abend lieber gutbürgerlich in „Kedinger Hof" oder griechisch im „Sorbas" essen gehen sollten. Man entschied sich dann für den „Kedinger Hof", weil sie da zu Fuß hingehen konnten. Regina trank zwar keinen Alkohol, fuhr aber im Dunklen nicht gerne mit dem Auto.

Am Samstagmorgen nach dem üppigen Frühstück begann Fänger sich langsam an den Grund seines

Besuches ranzutasten. „Regina, soll ich dir einmal die letzten drei Monate chronologisch zusammenfassen? Es fing mit dem Fund der ersten Kinderleiche auf dem Zollverein-Gelände in Essen-Katernberg an. Der zweite tote Junge wurde dann in Gladbeck am Bahnhof Ost in einer halb zugeschütteten ehemaligen Gleisunterführung gefunden. Opfer Nummer drei wurde an einem Stellwerk in der Nähe des Hauptbahnhofs Wanne-Eickel abgelegt, in einem Gebüsch, ähnlich wie auf Zollverein. Das letzte Opfer, erst diese Woche, wurde hinter der Waschanlage von Mister Wash an der Frohnhauser Straße abgelegt. Dieser Fundort ist eigentlich gut einsehbar, aber leider nachts praktisch ohne Verkehr. Die Todesursache ist in allen vier Fällen der Genickbruch, post mortem, also nach dem Eintritt des Todes wurden allen vier Opfern die Finger abgehackt. Abgehackt deshalb, weil der Pathologe von einem einzigen Hieb ausgeht. Ansonsten, das hört sich jetzt sarkastisch an, waren die Kinder unverletzt. Bisher viele Anrufe zu möglichen Tätern, aber noch nichts konkretes." Fänger erwähnte extra nicht die Hinweise auf die Kennzeichen-Fragmente. Wenn dieses Gespräch bei seiner Dienststelle bekannt würde, er dachte lieber nicht daran, wenn er dann Glück hätte, könnte er noch den Polizeikasperl im Kindergarten oder den

Verkehrshelfer am Eierberg geben. „Leider gibt es auch keine Kameraaufzeichnung oder Beweisstücke, über die man weiterkäme. Fasern von Wolldecken, getrocknete Tannennadeln oder Reifenabdrücke, nicht sehr ergiebig bisher. Zwischen den Opfern besteht, außer dem Fußballtraining, keinerlei Verbindung, so dass Verwandte oder Bekannte der Opfer als Täter nicht infrage kommen." Rolf machte eine Pause, um das Gesagte bei den beiden ankommen zu lassen. „Puuh, ganz schön krass," sagte Regina leise. Hast du etwas von den Kindern mitgebracht, vielleicht Bilder oder persönliche Sachen, Spielzeug oder ähnliches?" Rolf wurde blass.

„Regina, bei aller Liebe, bist du wahnsinnig? Wenn meine Kollegen wüssten, was ich hier mache ... nicht auszudenken. Ich wollte einfach mal mit jemanden außerhalb der SOKO sprechen und da ich euch vertraue und manchmal von deinen seherischen Fähigkeiten überrascht war, es ist einfach nur ein Versuch. Schlimmer kann es nicht werden." Sie gingen noch mal mit den Hunden Gassi und fuhren dann nach Wischhafen in die „Hafenklause", wo sie den Abend mit „Glatze", „Mütze", „Locke" und anderen einheimischen Gästen verbrachten. Am Sonntagmorgen brachte Axel Rolf wieder nach Hemmoor zum Bahnhof und Rolf fuhr nach Essen zurück.

11.

Als der Intercity zwischen Münster und Essen durch Haltern raste, klingelte Fängers Telefon. „Hallo Rolf, Florian hier, du bist auf dem Rückweg?" „Hallo Florian, ich bin in einer halben Stunde in Essen am Hauptbahnhof, was gibt's?" „Wir haben ihn. Der Fahndungsdruck war diesem Schwein zu viel geworden, er hat sich vor zwei Stunden in der Wache am Malinckrodtplatz gestellt. Elke und Udo sind auf dem Weg nach Altenessen, um ihn ins Präsidium zu überstellen. Glück muss man haben. Kommst du direkt rüber, wir warten bis du da bist. Staatsanwalt Sattler habe ich auch schon informiert, er müsste auch gleich da sein."

Um 16:11 Uhr wurde der vorläufig festgenommene mutmaßliche Mörder in ein Vernehmungszimmer gebracht, wo Fänger und Sattler schon saßen. Als die Tür aufging dachte Fänger, der den Festgenommenen zuerst von der Seite sah, „Kuhlmann. Also doch dieser Fettsack." Erst als der Hereingebrachte seinen Kopf Fänger zuwandte, sah er, dass er sich geirrt hatte. Die Augenbraue über dem linken Auge des Festgenommenen war aufgeplatzt und das getrocknete Blut noch nicht weggewischt. Auch seine Unterlippe musste geblutet haben.

„Darf ich vorstellen", begann Udo, „hier haben wir Thomas Selzer. Herr Selzer ist in der Wache ausgerutscht und hat sich ein bisschen verletzt. Die

Kollegen, die dabei waren, konnten Herrn Selzer leider nicht halten. Der Heizkörper in der Wache hat aber keinen Schaden genommen. Der Doc hat ihn schon untersucht und meint, er ist vernehmungsfähig." Während er das sagte, grinste er unverhohlen und hielt Fänger einen Schnellhefter hin, in dem Informationen über Selzer standen. „Guten Tag, mein Name ist Fänger, ich bin Leiter der SOKO und das", er zeigte auf Sattler, „der Staatsanwalt Herr Sattler. Wir sind alle heute an diesem schönen Herbstsonntag ins Präsidium gekommen, um zu hören, was Sie uns zu sagen haben. Vorweg belehre ich Sie über Ihre Rechte als Beschuldigter in vier Tötungsdelikten. Sie können einen Rechtsanwalt hinzuziehen, den Sie von hier aus anrufen können. Sollten Sie heute am Sonntag keinen Anwalt finden, führen wir die Vernehmung morgen früh fort. Falls Sie aussagen, wird das Protokoll vor Gericht verwendet." Er bekam keine Antwort. „Sie heißen Thomas Selzer und sind 61 Jahre alt. Sie wohnen in der Erbslöhstraße 98 in Essen-Altenessen und sind mit der Videoaufzeichnung unserer Vernehmung einverstanden?"

Selzer starrte auf einen imaginären Punkt auf den Tisch. Er hatte eine Jeans an, die mit Hosenträgern gehalten wurde, und ein grün-weißes Polo-Shirt, das selbst in der Größe sechs Mal X plus nicht passen würde.

Seine Arschbaken hingen links und rechts über den Stuhl hinaus, so dass Fänger schon innerlich den Countdown rückwärts zählte, wann der Stuhl sich verabschieden würde. Vielleicht sollte man einen zweiten Stuhl, sozusagen als Hilfsgestell, daneben stellen. Er verwarf den Gedanken jedoch und versuchte in Selzers Gesicht etwas zu erkennen. Der sah jedoch weiterhin starr vor sich hin und sagte nichts.

„Herr Selzer, Sie haben sich auf der Polizeiwache in Altenessen gemeldet und haben dort ausgesagt, dass Sie der gesuchte Trikotmörder sind. Ist das so weit richtig?"

„Jaaaa", schrie Selzer und lief rot an, „jaaaa. Ich habe sie ruhiggestellt. Ekelhaft dieser Lärm, dieses Gegröle, dieses Bäng ... Bäng ... Bäng ..., wenn der Ball vor den Maschendrahtzaun getreten wird. Bäng ... Bäng ... Bäng ... Jetzt ist Ruhe. Aber noch nicht überall, deshalb muss ich jetzt gehen. Da sind noch so viele."

Staatsanwalt Sattler und Rolf Fänger schauten sich an, als ob sie gerade erfahren hätten, dass der FC Schalke 04 gegen die Bayern gewonnen hätte.

„Herr Selzer, haben Sie ein Auto, und wenn ja, was für eines?" „Sicher habe ich ein Auto, einen VW Golf." „So, einen VW Golf. Ein schönes Auto, hatte ich auch einmal. In Rot. Gefällt

Ihnen Rot? Erzählen Sie doch einmal Herr Selzer, wie Sie die Kinder ausgesucht haben, die Sie zur Ruhe bringen wollten." Selzer schwieg einen Augenblick, dann sprudelten die Wörter wieder aus ihm heraus. „Ich bin ihnen nachgefahren, habe sie beobachtet, auf den Spielplätzen, auf den Bolzplätzen und ... Ich habe gefragt, ob sie mit mir mitkommen, zu mir nach Hause. Und dann sind sie in mein Auto gestiegen und ich bin zu mir nach Hause gefahren. Sie haben nichts gemerkt. Bis zum Schluss haben sie nichts gemerkt." Selzers Gesichtsfarbe wurde dunkelrot. Fänger dachte, dass er jeden Moment tot vom Stuhl sacken würde, so sehr steigerte er sich in seiner Erregung.

„Und was haben Sie dann gemacht Herr Selzer?" Obwohl auch Fänger innerlich aufgewühlt war, sprach er mit ruhiger Stimme. „Ich habe dieses Pack in meine Waschküche gebracht und habe ihnen mit dem Hammer vor den Kopp gehauen. Ich habe sie still gemacht." Selzers Stimme wurde wieder hektisch und laut. „Die haben keinen Mucks mehr von sich gegeben." „Waren die Kinder dann tot?", fragte Staatsanwalt Sattler leise. „Weiß nich. Habe dann noch ein Kissen auf sie gedrückt …".

„Herr Selzer, was haben Sie dann mit den Kindern gemacht, ich meine, als sie tot waren?" „Ich habe dann eine Eisensäge genommen und die Bälger die Finger abgesägt. Kann ich einen

Kaffee haben? Ich bin so müde."
„Gleich, Herr Selzer, ich besorge Ihnen einen Kaffee." Fänger telefonierte und bat Udo einen Kaffee zu besorgen und ins Vernehmungszimmer zu bringen. „Herr Selzer, warum haben Sie die Kinder nach ihrem Tod noch so verstümmelt?" „Sie sollten nie wieder mit dem Ball spielen. Ihre Finger haben den Ball immer wieder aufgehoben und weggeschossen. Bäng ... Bäng ... Bäng ... vor den Zaun. Die spielen keinen Fußball mehr und sie werden auch keine Busse und Bahnen mehr kaputtmachen. Wenn sie älter werden ... alles machen diese Fußball-Rowdys kaputt. Sie pissen in Busse und in

Waggons ... in Viehwaggons sollte man dieses ganze Pack transportieren, in Viehwaggons ohne Stroh. Dann können sie auf den Boden pissen. Drecksvolk." Udo kam mit einem Becher Kaffee und stellte ihn vor Selzer auf den Tisch. Er guckte Rolf erwartungsvoll an, doch der bewegte nur ganz leicht verneinend den Kopf.

„Herr Selzer, ich habe hier in meinen Unterlagen Ihre Akte, aus der hervorgeht, dass Sie schon des Öfteren mit uns Kontakt hatten und schon dreimal wegen Irreführung der Behörden, will sagen, sich selbst für Taten beschuldigt haben, die Sie nicht begangen haben. Die letzte Verurteilung liegt zwar jetzt schon acht Jahre zurück, aber auch diesmal muss ich Sie enttäuschen. Ihr Gefasel hat nur eins erreicht, nämlich dass Sie hier wieder den Polizeiapparat unnötig gebunden haben, während da draußen der ... Ich werde Sie in die Geschlossene vom Phillipusstift überstellen, wo Sie mal richtig durchgecheckt werden. Der Einweisungsbeschluss wird Ihnen morgen früh vom zuständigen Haftrichter zugestellt."

Fänger sagte Udo und Elke Bescheid, die Selzer nach Borbeck in die Psychiatrie brachten.

„Schade", sagte Sattler. „Ich hatte gehofft, dass der Spuk vorbei ist. Ich hätte es uns und ... aber daran will ich jetzt nicht denken.

Was macht die Überprüfung bzw. Auswertung der Kennzeichenfragmente? Liegen schon brauchbare Erkenntnisse vor? Die Pressefritzen müssen Wind davon bekommen haben, ich brauche für die morgige Pressekonferenz irgendeine Ablenkung davon."

„Ich bin inzwischen für einen anderen Weg", erwiderte Fänger. „Wir müssen die Öffentlichkeit noch stärker mit einbinden, bis hin zum Einschalten von XY ... ungelöst. Die Stimmung da draußen ist so aufgeheizt und explosiv, dass wir mehr Fakten an die Menschen bringen müssen, um zu vermeiden, dass vielleicht noch Unschuldige zu Schaden kommen. Besprechen Sie das doch morgen noch vor der Pressekonferenz mit Polizeirat Jäger und Oberstaatsanwalt Albrecht, wenn Sie mit meiner Einstellung konformgehen." Sattler verabschiedete sich von Fänger der in sein Büro ging den Trolley holte und nach Hause fuhr.

12.

Am Montagmorgen stand Fänger früher auf und fuhr direkt ins Präsidium. Ganz entgegen seiner Gewohnheit hielt er nicht am Büdchen an und verzichtete auch auf das morgendliche Pläuschken. Er ging kurz in die Kantine, kaufte sich das „Start-up", zwei Brötchen und einen Kaffee, und ging hoch zu seinem Büro. Kurz darauf klopfte es und Florian steckte seinen Kopf zur Tür hinein.

„Moin Chef, gut geschlafen?" „Florian, wir sind hier im Pott, Moin war am Wochenende an der Küste. Aber um deine Frage zu beantworten, ja ich habe gut geschlafen, was mich wundert. Denn heute um 15:00 Uhr ist Pressekonferenz und wir überlegen noch, welche Strategie wir fahren sollen. Sattler wird mich gleich anrufen, er will noch einmal mit Jäger und Albrecht sprechen." „Rolf, ich bin heute Nachmittag beim Schießen in Bottrop-Boy, ich war schon zwei Monate drüber, weiter rausschieben ging nicht mehr. Aber eigentlich bin ich froh, dass ich nicht dabei sein kann." Im alten Hochbunker am Boyer Markt in Bottrop hatte die Essener Polizei einige Schießbahnen angemietet, um ihre Pflichtübungen im Schießen zu absolvieren. „Ist schon gut Florian, was sein muss, muss sein. Du kannst mir aber noch die Kennzeichenabfragen bringen, oder noch besser, direkt Simon oder Kerstin, damit ich auf dem neuesten Stand bin." „Geht klar Chef, ich fliege." Nach zehn Minuten kam Kerstin zu Rolf und brachte ihn auf den neuesten Stand bei der Kennzeichen-Rasterung. „Also Rolf, wir haben übereinstimmende von unabhängigen Zeugen folgende gleichlautende Hinweise:

Zulassungsort RE für Recklinghausen oder PE für den Landkreis Peine. Als Buchstabenfolge S, entweder alleine oder als zweiter Buchstabe und bei der Ziffernfolge 99. Wobei hier nicht feststeht, ob als erstes, in der Mitte oder an dritter und vierter Stelle. Als Modell Kombi Passat, Focus oder Octavia. Farbe dunkelblau oder schwarz. Wenn wir einmal PE außer Acht lassen, haben wir es im gesamten Kreis Recklinghausen mit 333.861 Fahrzeugen zu tun. Davon sind 46.211 Kombis mit einem K im Kennzeichen. Wusstest du, dass der Kreis Recklinghausen nach dem Raum Hannover die bevölkerungsreichste Region Deutschlands ist? Der Kreis grenzt im Süden mit Gladbeck an Essen-Karnap, im Osten mit Castrop-Rauxel an Dortmund und im Norden an den Kreis Coesfeld. Wir lassen aus diesem Grund auch den Landkreis Peine erst einmal außen vor."

Sie schaute Fänger an, der ganz ruhig dasaß. „Interessant. Das bestätigt mich nur in der Überlegung die Bevölkerung mit einzubeziehen. Wir wollen mal sehen, ob die hohen Herren genauso denken."

30 Minuten vor Beginn der Pressekonferenz trafen sich Fänger, Sattler und Oberstaatsanwalt Albrecht zu einer Besprechung in Fängers Büro. „Herr Fänger, schildern Sie mir bzw. Herrn Sattler und mir doch einmal Ihre Sicht für das Für und Wider einer erweiterten Öffentlichkeitsfahndung, wobei der Ausdruck Öffentlichkeitsfahndung nach § 131 STPO ja hier sowieso

falsch ist, da wir ja die Taten noch niemanden zuordnen können und somit noch keinen Steckbrief anfertigen können." „Herr Albrecht", begann Fänger, „bei aller Ehre, wir haben nichts bzw. fast nichts bisher. Das Schwein ist fast ... ich will das Wort nicht aussprechen ... aber ... das Schwein ist fast ein Phantom. Keine gut verwertbaren Zeugenaussagen, keine Bilder, keine passenden Fotos aus Radaranlagen. Keinen Treffer bei der Indizienüberprüfung, wie den Anfragen zu den Reifentypen bei den Händlern. Die Auswertung der Kennzeichenfragmente kann noch wochenlang dauern, die Kombinationsmöglichkeiten und

Überprüfungen der Halter ist einfach zu groß. Wir müssen einige wenige Ermittlungsdetails freigeben, die Zeit drängt." „Ja, da haben Sie recht, die Zeit drängt. Aber Sie sollten jetzt nicht die Nerven verlieren. Meiner Meinung nach sollten wir eine erweiterte Anwohnerbefragung vornehmen, sagen wir zwei Kilometer um den Ort der letzten Sichtung der Opfer und zwei Kilometer um den Fundort der ermordeten Kinder. Für eine Fahndung über XY könnte man nachdenken, das Publikum dort ist interessiert und der Anteil der Spinner, die uns nach der Sendung anrufen, liegt bei unter fünf Prozent, wie ich auf einer Fachtagung erfahren habe. Bei den Lesern von BLÖD und

PRESS erwarte ich da keine neuen Erkenntnisse, eher einen Aufruf, dass die große Jagd jetzt offiziell eröffnet ist. Des Weiteren habe ich schon beim Generalstaatsanwalt vorgefühlt, was die Auslobung der Belohnung betrifft. Wir könnten uns inzwischen vorstellen, die Belohnung zur Ergreifung des Täters auf 30.000 Euro festzulegen. Dann werden wir den Presseheinis Märchen von unserem Vorankommen erzählen, um den Täter zu irritieren und ihn zu Fehlern zu veranlassen."

„Ich muss meinem Kollegen Albrecht da insgesamt zustimmen", begann Sattler. „Eine XY-Sendung finde ich auch angebracht, insbesondere weil dabei selbst eventuelle Zeugen angesprochen werden, die sich zurzeit in Österreich oder der Schweiz aufhalten." „Gut meine Herren, verfahren wir so", lenkte Fänger ein und die drei machten sich auf den Weg in den Presseraum, wo die sensationshungrige Meute schon ungeduldig wartete.

„Guten Tag meine Damen und Herren von der Presse", begann Rolf Fänger die Pressekonferenz. „Wenn ich Ihnen erst einmal meine Begleiter, die Herren Oberstaatsanwalt Albrecht und Staatsanwalt Sattler", er zeigte jeweils auf die Person, „vorstellen darf." Fänger schaute in die Runde und erkannte Reporter von Zeitungen und vom WDR-Fernsehen. Auch Rick, dieser Schmierfink mit dem alten

Cord-Hut von BLÖD „Rhein-Ruhr",
hatte sich mal wieder ganz nach vorne
gequetscht, um mit seinen wie Pfeile
abgeschossenen Fragen die drei
Beamten zu durchlöchern. Aber
Fänger sah auch Reporter von
Blättern aus anderen Bundesländern,
das Interesse an dem Fall war
überregional. „Wir haben Sie heute
eingeladen, weil wir einige
Fortschritte in den Ermittlungen der
Kindermorde öffentlich machen
wollen. Wir haben als Begehungsraum
der Taten ein Gebiet von Essen über
Wanne-Eickel und Gladbeck und
wieder Essen das – als Linie
verbunden – wie ein Dreieck
erscheint." „Ein tolles
Ermittlungsergebnis, echt toll,

Grundschule Heimatkunde 2. Klasse", schoss der Pfeil von Rick zu Fänger. „Wenn mich der Kollege von BLÖD ausreden lassen würde ... es ist auch Ihre Zeit." Die anderen schauten Rick böse an. „Also der Begehungsraum der Taten ist räumlich begrenzt, dazu kommt, dass wir Kennzeichenfragmente aus diesem Raum haben, die wiederholt in Fundortnähe gesichtet wurden. Näheres können wir aus ermittlungstaktischen Gründen noch nicht mitteilen. Sind bis hierher Fragen?" „Ist das alles, was Sie seit der letzten Pressekonferenz an neuen Ermittlungsergebnissen haben?", fragte eine junge Reporterin von der WAZ. „Nein, natürlich nicht, wir nähern uns über die Reifenabdrücke, die beim ersten Fundort auf Zollverein sichergestellt wurden, einem Ergebnis, aber auch hierzu keine näheren Angaben. Ja, bitte?" Fänger zeigte auf einen Reporter in der hintersten Reihe, der wie in einer Schulklasse schon die ganze Zeit aufzeigte. „Stimmt es, dass Sie einen Verdächtigten festgenommen haben?" „Nein", antwortete diesmal Sattler. „Der Mann bezichtigt sich selbst der Taten, hat aber keinerlei Täterwissen und wird zurzeit psychiatrisch untersucht. Der Mann ist im Übrigen deswegen schon öfter mit uns in Berührung gekommen, er scheidet als ‚Trikotmörder' definitiv aus." „Waren bzw. werden die Kinder von der Polizei nicht besser geschützt? Anstatt harmlose Autofahrer zu schikanieren, könnte man die Sportplätze überwachen." Rick jagte einen Pfeil nach dem anderen in Richtung Fänger, Sattler und Albrecht. Irgendwo im Raum stöhnte eine Frau leise auf. „Pass mal auf du Dumpfbacke", rief eine Stimme von hinten in den Raum, „ich möchte meinen Lesern gerne Fakten mitteilen und hier nicht deine dämlichen Fragen hören. Schalte mal dein Gehirn ein bevor du deinen Mund aufmachst". „Meine Damen, meine Herren. Bitte bewahren Sie Contenance", mischte sich nun Oberstaatsanwalt Albrecht ein. „Wir sind doch erwachsene Menschen. Der

Grund der Pressekonferenz ist doch weiß Gott tragisch genug. Ich kann Ihnen noch sagen, dass ich mit der Generalstaatsanwaltschaft in Verbindung stehe und wir eine Erhöhung der Belohnung auf 30.000 Euro erwägen."

Nach einer Stunde und 15 Minuten endete die Pressekonferenz und Rolf Fänger ging mit Sattler und Albrecht auf einen Kaffee in die Kantine des Präsidiums, um das weitere Vorgehen bezüglich der Kontaktaufnahme mit dem ZDF in Mainz zu besprechen, damit der Fall in der XY-Sendung aufgenommen werden konnte. Als sie sich trennten, stand die Marschrichtung fest.

13.

Am Abend saß Rolf Fänger mit seiner Frau im Theater von Jupp Stratmann und guckte sich das neue Programm an, als sein Telefon vibrierte. Er hatte alle privaten Nummern gesperrt und dachte deshalb sofort: „Scheiße!" Er sprach ganz leise. „Fänger." „Hallo Rolf, Florian. Zollverein. Kokerei Zollverein. Anfahrt über Arendahls Wiese oder Großwesterkamp, dann brauchst du nur den Blaulichtern folgen." Seine Stimme versagte, dann fasste er sich wieder. „König von der Bundespolizei ist auch vor Ort, es ist schrecklich." Er schluckte, „ich kann es dir am Telefon nicht schildern." Fänger verabschiedete sich von seiner Frau und ging die paar Meter zum Hirschlandplatz, wo er in ein Taxi stieg und sich nach Stoppenberg bringen ließ. Er stieg am alten Haupteingang der Kokerei Zollverein aus, zeigte dem uniformierten Kollegen, der am rotweißen Flatterband stand, seinen Dienstausweis und ging über das riesige Gelände. Er sah noch nichts von den anderen, aber eine äußere Kraft führte ihn magisch zum Einsatzort. Obwohl der Abend für Ende Oktober noch recht mild war, fror er und steckte seine Hände in die Hosentaschen. Als er an der Gashydrieranlage vorbei war, sah er die Einsatzfahrzeuge. Ein Bulli der Bupo, zwei Zivilfahrzeuge der Essener Kripo, einen Krankenwagen, zwei Fahrzeuge der Feuerwehr Essen, ein

Lichtmastwagen des THW und der graue Kastenwagen der Spurensicherung. Eben fuhr noch ein Streifenwagen vor, von dessen Rücksitz Florian die Tür öffnete und ausstieg. „Welche Sauerei ist denn hier passiert?" Fänger sah Drause fragend an. „Ich war mit den Kollegen von der Streife am Bahnhof Zollverein Nord, da ist der Intercity zum Stehen gekommen. Der Zug kam aus Richtung Bahnhof Altenessen mit 160 km/h als ungefähr in dieser Höhe", er zeigte auf Richtung Bahndamm, „ein Mensch auf die Schienen robbte." Er fing an zu weinen. „Ein Kind, ein Junge ... ja, bevor du fragst – in einem Trikot!" Er drehte sich um und weinte bitterlich. Fänger legte ihm den

Arm um die Schultern. „Lass dich nach Hause fahren Florian, komm lass dich nach Hause fahren. Ich rufe unseren Doc an, er soll sich um dich kümmern." „Ja Rolf, du wirst es nicht glauben, das mache ich auch. Ich kann nicht mehr." Fänger rief über Leitstelle Gruga einen Streifenwagen für Florian und ging zu KHK König, der schon eine Weile die Szene beobachtet hatte. „Na, macht der junge Kollege schlapp? Ist ja auch wirklich die letzte Sauerei. Der Lokführer ist schon auf dem Weg ins Vincenz-Krankenhaus, ich konnte noch ein paar Sätze mit ihm sprechen. Der Junge ist definitiv selbst auf das Gleis gekrabbelt, er ist nicht gestoßen, geschubst oder geworfen worden. Der

TF hat auch keine andere Person in der Nähe gesehen. Alles sieht nach einem Suizid aus." „Suizid? Nie! Nie! Nie! Mensch König, Suizid! Wir hatten vor zwei Jahren einen 14-Jährigen, nach der Zeugnisausgabe. Mittags am Bahnhof Bottrop-Boy. Aber hier, jetzt und mit Trikot? Niemals." „Ist schon klar Kollege Fänger, ich wollte dir auch nur mal einen Brocken hinwerfen. Wird nicht so einfach sein, wie schätzt du die Lage ein?"

„Komm, zeig mir die Stelle." Die beiden gingen bis auf fünf Meter an einen Spusibeamten heran und sahen auf die verstreuten Leichenteile, die vor kurzem noch ein Kind waren. Der Bahnverkehr war in beiden

Richtungen gesperrt und die Männer und Frauen in ihren weißen Anzügen liefen gebückt über die Gleise. Der Lichtmast des THW tauchte alles in gleißendes Licht. Auf der anderen Seite der Bahnstrecke standen die Gaffer auf der Köln-Mindener-Straße und wären am liebsten zu ihnen herübergekommen. Widerlich!

„Wie kam der Junge hierhin?", presste König durch seine Lippen. „Er lebte noch, als er hier abgelegt wurde. Wusste das Schwein, dass der Junge noch lebte, hat er sich daran vielleicht erregt?" König sah Fänger an, der nur dastand und die Szenerie auf sich einwirken ließ. „Ich glaube nicht, dass er das wusste oder gar geplant hatte", antwortete Fänger leise, „warten wir ab, was Dr. Adebar dazu zu sagen hat. Habt ihr den Leichenwagen schon bestellt?" „Ja, kurz bevor du gekommen bist, er müsste gleich hier sein. Wir müssen sehen, dass wir die Strecke wieder frei bekommen, im Moment wird alles über Essen Hbf. umgeleitet. Ein Ersatzlokführer wird von uns auch schon zum Zug gebracht." Fänger ging auf das andere Gleis und lief fast 300 m in Richtung Katernberg bis er die roten Schlusslichter des IC sah und drehte dann wieder um. Warum war der Junge vor den Zug gekrochen? Hatte er sich totgestellt, als das Monster ihn töten wollte? Aber warum krabbelte er dann nicht in die andere Richtung? Von den Gleisen weg. Es nutzte nichts, er musste die Obduktion abwarten. Er ging zu den Fahrzeugen zurück und gab Sven und Elke Bescheid, dass sie den Transport in die Rechtsmedizin veranlassen sollten und dass sie dafür sorgen, dass die Obduktion bei Dr. Adebar morgen früh dringlich ist. Er ging zu dem anderen Zivilwagen, in dem Paul Hanke vom KDD saß und bat ihn darum, ihn nach Haarzopf zu fahren. Er wollte jetzt nach Hause, hier konnte er nichts mehr tun.

Am nächsten Morgen stand er um sechs Uhr auf, frühstückte und fuhr zur Trinkhalle an der Humboldtstraße, wo er wie gewohnt seine Zeitung holte und ein Schwätzchen mit der Besitzerin hielt. Im Präsidium hatte sich die Nachricht vom fünften toten Jungen schon rumgesprochen und einige Kollegen und Kolleginnen wünschten ihm beim Vorbeigehen viel Glück und endlich Erfolg. Er rief Sattler, der sich gestern Abend hatte entschuldigen lassen, von seinem Büro an und gab ihm einen Lagebericht vom gestrigen Abend. Sattler hörte nur zu und unterbrach Fänger nicht. Als er geendet hatte, sagte er nur ganz knapp: „Bis gleich in der Rechtsmedizin" und legte dann auf. Fänger verlegte die Dienstbesprechung auf 15:00 Uhr und machte sich zu Fuß auf den Weg zur Virchowstraße.

Dr. Adebar öffnete selbst die Tür und begrüßte Fänger. „Guten Morgen Herr Hauptkommissar, obwohl, der

Morgen ist für uns alle ja alles andere als gut. Trotzdem, komm rein, wir sind fast vollzählig." Er ging in den Sektionsraum und nickte in die Runde. „Hauptkommissar Fänger, der Leiter der Soko ‚Trikot'". Im Raum waren zwei, drei Leute, die Fänger noch nicht kannte und die ihn durch ein Kopfnicken begrüßten. Der zweite Arzt, der nach der Strafprozessordnung vorgeschrieben ist, war Dr. Schulze-Thüsing, den Fänger wegen seiner offenen Art besonders mochte. Der Polizeifotograf, Detlef Baumann, war ganz an das Ende des komplett gefliesten Raumes zurückgetreten und wartete auf seinen Einsatz. Es musste alles Schritt für Schritt im Bild festgehalten werden, so verlangte es die STPO. Es klingelte und Staatsanwalt Sattler kam herein, womit Dr. Adebar beginnen konnte. Dr. Adebar stellte sich vor den Seziertisch und sprach in sein Diktiergerät. „Wir haben heute den 27. Oktober 2016, 10:15 Uhr. Wir beginnen mit der äußeren Leichenschau des Jonas Mehring, 11 Jahre alt. Größe 152 cm, Gewicht 53,5 kg. Der Kopf und der Rumpf sind nahezu unbeschädigt, der linke Arm ist knapp 10 cm oberhalb des Articulatio cubiti glatt durchtrennt. Der linke Femur ist schräg unterhalb des linken Articulatio coxae aus der Gelenkpfanne gerissen." Er beugte sich über den Tisch, nahm den losen Arm und hielt ihn etwas hoch, damit

Baumann eine Bilderserie davonmachen konnte und sprach weiter: „Index, Digitus medius, Digitus anularis und Digitus minimus befinden sich nicht mehr an der Hand, das gleiche Merkmal trifft auch, Sie sehen es hier, für die rechte Hand zu. Zeigefinger, Mittelfinger, Ringfinger und kleiner Finger fehlen auch hier. Der Pollex ist an beiden Händen vorhanden, linksseitig jedoch vom Anprall deformiert." „Was ist mit seinem Genick?", wollte Fänger wissen. „Gemach, gemach Herr Fänger, das sehen wir alles gleich bei der inneren Leichenschau," drehte sich Dr. Schulze-Thüsing zu Fänger und man konnte den leicht tadelnden Unterton in seiner sonoren Stimme erkennen. „Ich muss raus", Fänger sah Sattler an. „Nur vor die Türe." „Geh nur, sind genug Zeugen hier. Ich versteh dich." Fänger ging vor die Türe und steckte sich eine Zigarette zwischen die Lippen. Er entzündete sie und brauchte nur drei Züge, da war die Glut schon am Filter. Fänger konnte nicht mehr zurück in die Rechtsmedizin. Er war fix und fertig. Konnte er überhaupt noch in diesem Fall ermitteln? Er wusste es nicht. In seinem Kopf schossen die Gedanken hin und her. Wieder einmal. Er dachte, er sei der Lösung so nah, um im nächsten Augenblick wieder Lichtjahre davon entfernt zu sein. Sollte er seine ganzen Ermittlungen noch einmal auf Kuhlmann konzentrieren? Er würde sich gleich das Vernehmungsprotokoll von Kuhlmann durchlesen, vielleicht hatten sie etwas übersehen.

Die Eingangstür öffnete sich und ein Sektionsgehilfe bat Fänger wieder reinzukommen, weil Dr. Adebar mit seinen ersten mündlichen Ausführungen zur Obduktion von Jonas Mehring begann.

„Meine Damen und Herren, wie Sie ja bereits aus meinen anderen Obduktionsberichten der vorangegangenen Kindermorde wissen, handelt es sich bei einem Genickbruch um einen Bruch der Halswirbelsäule. Hier unterscheiden wir mehrere Arten, was ich aber hier nicht näher erläutern möchte. Bei dem hier vorliegenden Fall handelt es sich um eine Atlantookzipitale Dislokation, bei der die Schädelbasis von der Halswirbelsäule getrennt wurde. Der Täter hat hier vielleicht einen halbherzigen Griff ausgeführt, so dass das Opfer nicht sofort tot war, sondern in eine Bewusstlosigkeit fiel, was der sonst an ‚tödlichen Erfolg' gewohnte Täter übersehen hat. Der Junge ist dann nach seinem Ablegen am Bahndamm aus seiner Bewusstlosigkeit aufgewacht und orientierungslos auf die Gleise gekrochen. Die eigentliche Todesursache war dann ein Volumenmangelschock infolge des Blutverlustes. Ich kann Ihnen aber versichern, dass der Junge auch an der Verletzung der Halswirbelsäule gestorben wäre. Sicherlich kein Trost für uns und die Angehörigen, aber bei der Findung des Strafmaßes für den Täter von Bedeutung. Des Weiteren – wie bei den anderen Opfern – die gleiche Art der Abtrennung der Finger, womit ein Nachahmungstäter ausscheidet. Den ausführlichen schriftlichen Obduktionsbericht werde ich Ihnen zeitnah zuschicken." Die Gruppe verabschiedete sich untereinander und Fänger ging mit Sattler in Richtung Präsidium zurück. Sie sprachen unterwegs nicht viel miteinander und vereinbarten, dass Sattler auch zur Dienstbesprechung kommen würde, die in einer Stunde begann.

14.

Die Lehrerin des Jungen merkte, dass mit dem Jungen etwas nicht stimmte, kam jedoch nicht richtig an ihn ran, so dass sie ihm ihre Telefonnummer gab. „Du kannst mich anrufen, wenn dich etwas bedrückt oder du zuhause bedrängt wirst. Versprich mir das." „Ist gut", sagte der Junge nur und drehte sich schnell weg. Am nächsten Tag hatte er Schwierigkeiten bei der Hausaufgabe und rief seine Lehrerin an, die jedoch nicht zuhause war und erst um 22:00 Uhr in ihre Wohnung zurückkehrte, wo sie im Display vom Telefon die Rufnummer des Jungen sah, der nachmittags vergeblich versucht hatte, sie anzurufen. Sie wählte trotz der späten Stunde die

Rufnummer des Jungen, bekam aber keine Antwort. Weil sie das Schlimmste vermutete, rief sie die Polizei an, die sofort zum Haus des Jungen fuhr, um nach dem Rechten zu sehen. Da keiner öffnete, die Nachbarn aber meinten, dass sie den Jungen gegen Abend noch gesehen haben, lies der Polizist nach Rücksprache mit seinem Dienstgruppenleiter die Türe der Wohnung von einem Schlüsseldienst öffnen und fand den Jungen schlafend alleine in der Wohnung vor. Kurz darauf erschien die Mutter und wunderte sich über die Polizisten in ihrer Wohnung. Da sie einen verwirrten Eindruck auf die Beamten machte, wurde der Junge in Obhut des Jugendamtes gebracht und das häusliche Martyrium hatte ein Ende.

Nach einem langen Aufenthalt in der Jugendpsychiatrie kam der Junge zu Pflegeeltern. Nach der Schule studierte der Junge Physiotherapie. Er lebte alleine, weil er völlig unfähig war eine längere und festere Beziehung einzugehen und zog nach Wulfen-Barkenberg. Er hatte keine Freunde und verbrachte die freie Zeit mit seinen Spielkonsolen vor dem Fernseher.

15.

„Liebe Kolleginnen und Kollegen", begann Fänger die Dienstbesprechung, „wir müssen hier und heute einen Schnitt machen. Wir werden uns über XY an die

Öffentlichkeit wenden. Aber vorher sprechen wir noch über die letzten Stunden von Jonas Mehring. Elke, du warst gestern Nacht noch mit Udo bei den Mehrings in der Waisenstraße in Altenessen." „Ja, ich war da und glaub mir … es war schrecklich. Die Eltern schliefen noch nicht, als ich um 02:00 Uhr mit Udo bei ihnen geklingelt habe. Sie öffneten schon mit den Worten: ‚Wir haben es gewusst' die Türe, was Udo und mich erst einmal sprachlos machte. Aber im Verlauf des Gesprächs verstanden wir den Sinn. Jonas spielte und trainierte beim BVA, dessen Platz vielleicht 200 Meter von der elterlichen Wohnung entfernt ist. Vorgestern Abend ging er aber nach dem Training nicht sofort nach Hause, wie er es mit seinen Eltern abgesprochen hatte, sondern ging noch mit seinem Freund Tobias durch den Kaiserpark zur Kinßfeldtstraße. Dazu mussten die beiden durch einen kleinen Tunnel gehen, der früher unter der alten Bahnlinie nach Gelsenkirchen-Zoo durchführte. An diesem Tunnel verließ Jonas Tobias, weil ihm eingefallen war, dass er nach dem Training sofort nach Hause kommen sollte. Übrigens ist es wie verhext, auch Jonas hatte kein Handy dabei. Ist doch echt komisch, keines der Opfer trug ein Mobiltelefon mit sich, als sie zum Fußballspielen gingen. Die Eltern meinten bei 200 Meter und Sichtkontakt zum Vereinsgelände würde keine Gefahr bestehen. Außerdem ist dort auch Haus an Haus gebaut und selbst ich hätte dort keinerlei Anzeichen für eine Entführung für den Jungen gesehen. Der Kaiserpark ist noch gesperrt, die KTU dreht jeden Stein um, bis heute Abend wollen sie durch sein. Ich habe eben noch mit Appenweier, dem Truppführer gesprochen. Der Kaiserpark hat drei Anfahrten, die mit dem Auto erreichbar sind, die aber von Jonas eigentlich nicht benutzt worden sind, wenn er direkt nach Hause zurückgegangen ist. In diesem Fall ist er parallel zur Stankeitstraße bis zum Leibnitz Gymnasium gegangen, hätte dort die Straßenseite gewechselt und wäre zuhause gewesen." „Was ist, wenn der Täter Stankeitstraße Ecke Nienkampstraße gestanden hat, also da kommt man gut mit dem Auto ran, man kann sogar ein kleines Stück in den Park reinfahren ohne aufzufallen", warf Fänger ein. Die Dienstbesprechung endete mit keinen neuen Ergebnissen und die SOKO beschloss am nächsten Morgen mit dem ZDF zu telefonieren und die Modalitäten einer Aufnahme des Falles bei XY zu besprechen.

Am nächsten Morgen telefonierte Fänger mit dem ZDF in Mainz und bekam von der Produktionsfirma die Zusage zur Aufnahme des Falls in die nächste XY-Sendung. „Wenn wir Glück haben, kann das Team schon übermorgen mit dem Dreh in Pasing beginnen. Wir werden dafür einen weniger spektakulären Fall um vier Wochen verschieben, wie gesagt, wenn alles klappt, kann Sonntag und Montag gedreht werden und Mittwochabend könnten wir dann schon auf Sendung sein. Sie können dann mit zwei Beamten nach Pasing kommen und Ihre bisherigen Ermittlungsergebnisse mitbringen." „Kommen Sie mit Ihrem Team nicht zu uns ins Ruhrgebiet?", fragte Fänger. „Nein, lachte der Mann von der Produktionsfirma ins Telefon, wir drehen alle Folgen immer in Bayern, in der Nähe von München. Das ist erst einmal kostengünstiger als mit allen Schauspielern durch die Republik zu reisen und außerdem wollen wir die Opfer und deren Angehörige schützen, deshalb kein Dreh an Originalschauplätzen. Wir haben auch Häuser und Wohnungen im Original dafür angemietet. Die Eigentümer überlassen uns für den Drehtag ihre Objekte und abends ist alles wieder für die Bewohner hergerichtet." „Super", entfuhr es Fänger, „ich hätte zwar lieber unter anderen Umständen an Ihren Dreharbeiten teilgenommen aber … Sie sind unsere große Hoffnung den Fall endlich aufzuklären. Ich werde am Samstag mit meinem Kollegen Drause nach München reisen, haben Sie eine Hotelempfehlung?" „Kommen Sie ins

‚Plaza Pasing', wenn dort noch etwas frei ist. Aber im Moment sind keine Messen, da dürfte es schon passen. Melden Sie sich, wenn Sie angekommen sind Herr Fänger."

„Danke Herr Rethmayer, bis Samstag." Fänger legte auf und massierte seine Stirn. „Hoffentlich …", dachte er.

16.

„Nummer 8 ist Nummer 6!" „Hää?" Fänger schmiss das „Hää" Lepper förmlich durch das Telefon ins Ohr. „Nummer 8 ist Nummer 6?" „Ja Rolf, wir haben letzte Nacht Opfer Nummer sechs in Stoppenberg hinter dem bischöflichen Gymnasium aufgefunden. Daniel Weyerhorst. Der Junge wohnte gleich hinter dem

Auffindeort im Lommenweg. Er trug ein Trikot mit dem Werbeaufdruck von Microsoft und hatte auf dem Rücken die Nummer 8 aufgeflockt. Er war acht Jahre alt und lebte mit seiner Mutter, die schon von Welski und mir verständigt worden ist, alleine im Lommenweg 40. Sprichst du mit Dr. Adebar bezüglich der Obduktion?" „Geht klar", antwortete Fänger, „ich ruf sofort in der Rechtsmedizin an. Wenn das so weitergeht, kann ich mein Zelt direkt in der Virchowstraße aufbauen." Rolf legte auf und rief Dr. Adebar an. Man verabredete sich in einer Stunde und Fänger ging noch einmal den Zeitplan der Morde durch. Die Abstände zwischen den Taten wurden immer kürzer und die Wege zwischen Wohnort der Opfer und dem Leichenfundort immer kürzer. Zwischen dem ersten Mord an Patrik Gehrke und dem zweiten Opfer Mirko Broskovic lagen vier Wochen. Zwischen Mirko und Julian Ruttlof waren es knapp drei Wochen, bis zum Mord an Paul Lohäuser vergingen zwei Wochen und zu Jonas Mehring und Daniel Weyerhorst nur noch eine Woche. Während die Entfernung von dem Ort des Verschwindens zum Auffindeort von fünf Kilometern auf 200 Meter geschrumpft war.

Es klopfte und bevor Fänger „Herein" sagen konnte, platzte Jürgen Filz, der Kommissar vom Verkehrsdienst, herein. „Tschuldigung Kollege Fänger, Volltreffer!" Filz war völlig außer Atem und hielt Fänger zwei DIN-A4-Blätter unter die Nase. „Volltreffer! Da bin ich dabei. Und halte mich bitte zurück, ich schlag ihn tot." „Mal langsam Jürgen, wen willst du warum totschlagen?" „Kuhlmann! Kuhlmann werde ich im Präsidium an die Heizung anketten und dann …". „Jetzt beruhige dich mal und lass mich wissen, was hier los ist." „Das kann ich dir sagen Rolf, nein, noch besser, das kann ich dir zeigen. Hier … er hielt Fänger wieder die Zettel hin. Passat Kombi, Baujahr 1998, Kennzeichen RE-TS …". Fänger nahm die beiden Zettel und starrte auf das Foto aus der Radarkontrolle. Beide Mal Kuhlmann. „Aber Kuhlmann hat doch kein Auto, deshalb war er doch auch aus dem Focus der Ermittlungen ausgeschieden." „Hat er auch nicht. Halter ist Konrad Kuhlmann, der Bruder aus Haltern am See", sagte Filz erregt. „Und achte auf die Tatzeit und den Ort der Standkontrolle. Einmal auf der Grillostraße, Höhe Tierheim, und einmal auf dem Palmbuschweg und beide Mal zur Zeit des Verschwindens von Paul Lohäuser bzw. von Jonas Mehring.

Hätte Konrad Kuhlmann keinen Widerspruch gegen die beiden Bußgeldbescheide eingelegt und die jeweils 25,00 € bezahlt, wäre das gar nicht über meinen Schreibtisch gegangen, Rolf."

Fänger rief Florian Drause und Udo Burgs an und erklärte ihnen kurz den Sachverhalt. „Fahrt ihr zwei zusammen, ich fahre mit Jürgen Filz. Auf nach Stoppenberg Jürgen, und halte dich gleich bloß zurück, sonst bleib lieber hier." „Ist ja gut Rolf, ich werde doch wegen dem Schwein nicht meine Pension verspielen, aber machen würde ich es schon gerne." „Damit bist du nicht alleine, glaube es mir. Ich habe den Täter auch schon gedanklich geviertelt, geteert und gefedert." Die Fahrt nach Stoppenberg verlief schweigsam. Bei aller Abscheu und Wut war man auch froh, dass der Schrecken jetzt ein Ende hatte.

17.

Endlich war der Abschluss der Realschule geschafft. Der Junge freute sich auf eine andere Schule zu kommen und so dem Mobbing des alten Klassenverbandes zu entkommen. Auf dem Gymnasium kannte man ihn nicht und er fand schnell Aufnahme in der neuen Clique. Durch seinen Egoismus und seiner Besserwisserei merkten die anderen jedoch schnell, wer er war. Die Jungen und Mädchen seiner Clique fühlten sich in seiner Nähe unwohl. Durch sein ungefragtes Wissen über das ausschließliche Thema Fußball und Motorsport versuchte er ihnen seine Autorität aufzuzwingen. Sie stellten den Kontakt zu dem Jungen ein, so dass er wieder allein zuhause vor dem Fernseher saß. Nur Fußball und Formel 1, hier konnte ihm keiner etwas vormachen. Das fanden auch die Mitglieder der „Hölzer Jungs", bei der der Junge Anschluss fand. Hier im Stadion in der Bauernschaft würde sein Wissen gefragt sein. Schade nur, dass die Jungs überhaupt keine Spieltechnik hatten und immer voll reinhielten. Das war manchmal sehr schmerzhaft, aber als jüngster in der Mannschaft musste er die Zähne zusammenbeißen und nach dem Training schmeckte das Bier und der Schnaps umso besser.

18.

„Guten Tag Herr Kuhlmann." Fänger war noch vor Jürgen Filz und ohne eine Aufforderung von Kuhlmann in die Wohnung reingegangen, man weiß ja nie. Er ließ Kuhlmann erst gar nicht zu Wort kommen. „Sie können sich denken warum wir mit vier Kollegen zu Ihnen kommen?" Kuhlmann schwankte, stolperte und krachte auf das Sofa im Wohnzimmer bis zu dem er schon gedrängt worden war. „Herr ... Herr Sänger ...". „Fänger." „Herr ... Fänger ... was ist passiert?" „Das würden wir gerne von Ihnen hören, was passiert ist. Wo waren Sie am 17. September zwischen 16:00 und 20:00 Uhr und wo waren Sie am 3. September zwischen 01:00 und 04:00 Uhr nachts?" Er ließ Kuhlmann keine fünf Sekunden Zeit zum Nachdenken. „Wo, Herr

Kuhlmann, wo?" Kuhlmann fing zu weinen an. „Was habe ich denn gemacht? Was wollen Sie von mir? Sie wissen doch, dass ich mit dem schrecklichen Tod von Patrick nichts zu tun habe. Warum behandeln Sie mich so?" „Es geht hier nicht mehr nur um Patrik Gehrke, sondern um Mirko Broskovic, Julian Ruttlof, Paul Lohäuser, Jonas Mehring und Daniel Weyerhorst!

Wie lange fahren Sie eigentlich schon mit dem Fahrzeug Ihres Bruders durch die Gegend, Herr Kuhlmann. Ich dachte Sie gehen so gerne in der näheren Umgebung durchs Unterholz spazieren." Fängers Stimme triefte vor Hohn. Ihm war speiübel, aber er musste die Fassung behalten und durfte seinen Gefühlen nicht nachgeben. Ähnlich ging es Jürgen Filz, der sich immer mehr nach vorne schob und sich Kuhlmann bedrohlich näherte. „Herr Fänger, bitte, ich bin leidenschaftlicher Angler und fahre öfters schon in der Nacht, zum frühen Morgen, nach Dellwig zum Rhein-Herne-Kanal. Wahrscheinlich bin ich auf so einem Weg geblitzt worden. Ich weiß es nicht." „Herr Kuhlmann, so kommen wir nicht weiter. Sie begleiten uns jetzt aufs Präsidium, diese Wohnung und Ihr Keller werden gleich von der Spurensicherung untersucht. Des Weiteren wird der Passat Ihres Bruders sichergestellt und auch ins Präsidium zur Spurensuche gebracht. Und Herr

Kuhlmann ... Gnade Ihnen Gott, wenn wir nur eine Tannennadel in dem Fahrzeug finden." Kuhlmann glotzte blöd und es dauerte ein Weilchen bis er „ich verlange einen Anwalt, der steht mir zu" rausstieß. Florian durchsuchte Kuhlmann auf gefährliche Gegenstände und legte ihm Handschellen an. Danach verfrachtete er ihn, nun sagen wir einmal, nicht sehr behutsam auf den Rücksitz des Dienstwagens und setzte sich daneben.

Im Präsidium nahm man ihm die Hosenträger ab, Schnürsenkel hatte er keine, und brachte ihn ins PG. Hier im Polizeigewahrsam könnte er erst einmal in sich gehen.

Die Spurensuche in der Wohnung, im Keller und in dem Gemeinschaftswaschraum des Hauses in der Von-Bergmann-Straße in Stoppenberg ergab keinerlei Hinweise auf die Verbrechen an den Kindern. Im Fahrzeug fand man Tannennadeln, die jedoch noch im Labor zur genaueren Bestimmung untersucht werden mussten. Und das konnte dauern. Im Gegensatz zu menschlicher oder tierischer DNA, deren Zellen aus Membranen bestehen, haben pflanzliche Zellen Zellwände, die erst aufwendig pulverisiert werden mussten, bevor die DNA extrahiert werden konnte.

19.

Der Junge stand vor dem Schrank in seinem Zimmer in dessen Türen sich ein großer Spiegel befand. Er merkte nicht, dass er schon fast eine Stunde dastand und sich in seinem roten Bayerntrikot bewunderte. Er spielte dort mit einem imaginären Ball und 60.000 Fans jubelten ihm zu. Er hörte ihr Klatschen der Hände und ihr Gegröle, sie feuerten ihn an, er war ihr Held. Obwohl es in dem Zimmer kühl war, rannen ihm die Schweißperlen von der Stirne. Ja, er war gut … nein, er war der Beste, er kannte jeden Trick, jede Regel. Er hatte noch keine Gelbe oder gar Rote Karte gesehen. Immer wieder fasste er fast unmerklich an das auf die Trikothose aufgenähte Bayern-Logo, strich mit Daumen und Zeigefinger vorsichtig darüber. Freunde, Freundinnen ... das brauchte er nicht. Er hatte seine Fans und die Fans hatten ihn. Er sank erschöpft und ohne sich zu waschen in sein Bett. Was für ein Spiel!

20.

Als die Dienstbesprechung am nächsten Morgen begann, lag eine lähmende Stille im Raum. Nichts, aber auch nicht die letzte Tannennadel verdichtete den Verdacht gegen Kuhlmann. Weder in seiner Wohnung, in den Kellerräumen oder in dem von ihm benutzten VW Passat fand sich ein Hinweis oder eine Spur, die seine Täterschaft erklärbar gemacht hätte. Rolf ging noch einmal alles durch, was sie wussten. Es passte nichts, keine Reifenspuren, keine Faserspuren der Wolldecke. Nichts. Nur die Tannennadel. Und die Untersuchung konnte lange dauern, so lange, dass sie Kuhlmann wieder entlassen mussten. Um 14:00 Uhr würden sie Kuhlmann noch einmal vernehmen, er würde dann von seinem Rechtsanwalt Dr. Hauschild begleitet werden, dem man schon mehr bieten musste als eine Tannennadel.

Um 13:45 Uhr holten sie Kuhlmann aus dem PG und pünktlich um 14:00 Uhr rauschte Hauschild in das Vernehmungszimmer.

„Guten Tag meine Dame, guten Tag meine Herren." Er nickte kurz zu

Elke, Udo und Rolf Fänger herüber.

„Kann ich kurz mit meinem Mandanten unter vier Augen sprechen? Danke." Nach einiger Zeit öffnete Dr. Hauschild die Tür und sagte zu Rolf Fänger: „Ich muss mich doch sehr wundern, auf welche Indizien sich ihr Verdacht gegen meinen Mandanten, Herrn Kuhlmann, stützt. Wenn Sie keine weiteren Anschuldigungen haben, wird Herr Kuhlmann jetzt mit mir das Präsidium verlassen. Oder haben Sie Einwände dagegen?" Sein Blick durch die Brille war stechend auf Rolf gerichtet. „Nein, natürlich nicht, unsere Untersuchung ist vorerst beendet, bei neuen Erkenntnissen aus dem Untersuchungsbericht der

Tannennadeln kommen wir auf Herrn Kuhlmann zurück. Auf Wiedersehen Dr. Hauschild, auf Wiedersehen Herr Kuhlmann." Kuhlmann wollte sagen: „Ihr habt hier doch nicht mehr alle Nadeln an der Tanne", kniff aber seine Lippen zusammen und ging ohne Gruß hinter Dr. Hauschild raus.

21.

„Erna für Erna 11/80 dringend." „Erna hört." „Erna verfolgen VW Passat Kombi, älteres Baujahr, RE-TS Ziffern nicht lesbar. Adenauerallee Kreuzung Emil-Zimmermann-Allee stadteinwärts. Eine Person, männlich, im Fahrzeug, reagiert nicht auf Anhaltezeichen. Verfolgen mit 120 km/h." „Erna verstanden. Hier Erna mit einer Fahndung an alle ...". Der

Wachhabende im Polizeipräsidium Gelsenkirchen gab die Fahndung über Funk und schloss mit den Worten: „Achten Sie auf Eigensicherung!" „11/20 vom Adolf-Urban-Weg." „11/23 Kurt-Schumacher-Straße." „12/20 Jägerstraße." Die Meldungen kamen kurz und knapp. „Scheiße ... Scheiße ... Scheiße ...", stieß der Beifahrer von Erna 11/80 in das Mikrofon, „der hätte beinahe einen Fußgänger plattgemacht." „Steigern unsere Geschwindigkeit. Fluchtrichtung jetzt Richtung Uferstraße/Feldmark." Der Kollege in der Leitstelle meldete sich. „Hier Erna an die eingesetzten Fahrzeuge. Verfolgung abbrechen, ich wiederhole Verfolgung abbrechen." Der

Hauptkommissar in der Leitstelle hatte entschieden, dass die Gefährdung anderer Verkehrsteilnehmer zu hoch ist und sich deshalb zu diesem Schritt entschieden. Er rief die Leitstellen der benachbarten Städte an und teilte ihnen den Vorfall mit. Die Kollegen draußen sollten die Augen aufhalten und versuchen das Fahrzeug zu orten. Es war jetzt 02:59 Uhr.

„Gruga 14/01 für Gruga". „14/01 hört". „14/01 ... VU mit ... Hafenstraße in Höhe der Kanalbrücke ... ein Fahrzeug beteiligt, Fahrer im Fahrzeug eingeklemmt, RTW und Rüstwagen, Feuerwehr laufen." „14/01 verstanden ...". „14/12 und 14/22 von

Wache." Der Beamte in der Leitstelle bestätigte und gab sich wieder seinen „St. Pauli Nachrichten" hin. „Frau sucht ...". Hörte sich vielversprechend an, was er da las in der Nacht von Samstag auf Sonntag um 03:14 Uhr.

Die vier Beamten der beiden Streifenwagen sahen ein Bild der Verwüstung, als sie den Essener Stadthafen erreichten. Ein dunkler VW Passat Kombi war von der Straße abgekommen und frontal in das Brückengeländer der über den Rhein-Herne-Kanal führenden Brücke geknallt. Der Wagen war im vorderen Bereich völlig aufgerissen und der Motorblock war bis auf die Vordersitze geschoben. Für die Besatzung des RTW gab es hier nichts mehr zu tun. Die Feuerwehr schnitt den toten Fahrer aus dem Wrack und der bestellte Bestatter legte den toten Körper in einen Leichensack und brachte ihn in die Rechtsmedizin des Uniklinikums Essen. Als das Autowrack auf den Abschleppwagen gezogen wurde, sprang die Heckklappe des Kombis auf. Der Fahrer des Abschleppwagens wollte die Türe zuschmeißen und erstarrte in seiner Bewegung. „Ey, komm ma her", rief er den Polizisten, der ihm am nächsten war. „Komm ma her", rief er mit Nachdruck. Der angesprochene kam und erstarrte. Unter einer Wolldecke guckte ein Bein hervor. Der Polizist riss die Decke weg und die Männer sahen ein zusammengekrümmtes Kind vor sich liegen. Der nachalarmierte Notarzt stellte den Tod des Jungen fest. Der Beamte ließ das Autowrack wieder abladen und verständigte den KDD.

Als erste trafen Lepper und Hartmann am Einsatzort ein. Bis zum Eintreffen der Spurensicherung sichteten sie die Skizzen, die die uniformierten Kollegen gemacht hatten und machten Fotos von der Unfallstelle aus allen möglichen Perspektiven. Das Wrack selber fassten sie nicht an. Um 05:25 Uhr wurde Rolf Fänger durch sein Telefon aus dem Bett geholt. Nachdem der tote Junge zur Rechtsmedizin überführt worden war, wurde das Wrack zum Verkehrsdienst in der Polizeikaserne an der Norbertstraße gebracht. Rolf fuhr von seiner Wohnung in Haarzopf die zwei Kilometer zur Polizeikaserne und holte sich am Automaten einen Kaffee, bevor er in die große, von Neonlicht hell erleuchtete Halle ging, in der das Unfallauto inmitten einer Plastikplane stand.

Udo Burgs kam aus dem an die Halle angrenzenden Raum und ging auf Fänger zu. „Morgen Rolf, die Jagd ist beendet. Leider mit noch einem Opfer, Tom Verfürth aus Lette bei Coesfeld. Kam gestern nicht vom Training nach Hause. Ich habe Elke und Kai nach Coesfeld geschickt, ich hoffe du bist damit einverstanden." „Udo, bitte, wir sind doch ein Team. Und er hier", er zeigte auf das Wrack. „Tim Schroer, aus Wulfen-Barkenberg, Dimker Allee 226." „Ruf Sattler an, Udo, er soll klären, ob wir unsere Spusi mitnehmen oder ob die Recklinghäuser kommen wollen, danach fahren wir nach Wulfen."

22.

In der Wohnung in der Dimker Allee sah es wie bei einem Messie aus. Pullover, Hemden, Unterwäsche, alles verstreut. Auf dem Tisch im Wohnzimmer lag eine Pommesschale mit Wurstresten und eingetrockneter Currysoße, die mindestens drei Tage alt war. Eine Fernsehzeitung lag halb zerrissen auf dem dreckigen Läufer und jede Menge benutzter Gläser standen überall herum.

Fänger ließ seinen Blick schweifen und nahm dann einen Schlüsselbund vom Haken, den er neben der Eingangstür entdeckt hatte. „Komm Udo, wir steigen mal in den Keller runter, dann können die Kollegen hier in Ruhe arbeiten." Im Keller kamen sie in den dritten Raum, eine Art Waschküche, gefliest bis zur Decke mit großen mattweißen Fliesen, die in Kopfhöhe eine rundum verlaufende Borde aus dunkelroten Riemchen hatte. Trotz der hellen Beleuchtung aus kaltweißen LED-Leuchten hatte der Raum etwas Düsteres, nicht beschreibbar Beklemmendes. In der hinteren Hälfte des Raumes war ein Abfluss im Boden eingelassen, rechts davon ein Sockel für die

Waschmaschine und den Trockner. Aber hier gab es keine Waschmaschine und keinen Trockner. Nur einen Wasserkran mit einem ungefähr zwei Meter langem gelben Schlauch, an dessen vorderem Ende eine Spritzdüse angebracht war. Daneben lagen ein Beil und ein grober Holzklotz. Das Blut auf dem Klotz war auch ohne Lupe zu erkennen. „Sag der Spusi Bescheid, sie sollen Luminol runterbringen Udo."

Bei der Durchsuchung des Einfamilienhauses wurde auch das Tagebuch von Tim Schroer gefunden, in dem er minutiös jede Tat vom Anlocken der Kinder bis zum Brechen des Genicks und Abtrennen der Finger beschrieb. Aber der

Psychopath hatte das Tagebuch sogar in der Zukunft geführt. Er wollte eine komplette Mannschaft töten. 11 tote Freunde müsst ihr sein. Der ausgebildete Physiotherapeut war der Meinung, die Kinder seien es nicht wert in einer Mannschaft zu spielen. Er wäre viel besser gewesen, aber ihn wollte man ja nicht. Selber schuld!

Die abgetrennten Glieder fand ein Leichenspürhund später im Garten vergraben. Die Unfallursache war ein geplatzter Reifen und die damit verlorene Kontrolle über das Fahrzeug.

Namen und Orte frei erfunden. Sollten sich Personen hier wiedererkennen, so ist das rein zufällig und nicht gewollt.

Herstellung und Verlag:
BoD - Books on Demand, Norderstedt
ISBN 978-3-7460-4812-3